D1089709

Cherigny

Collection Zoombira

RICHARD PETIT

DANS LES PIÈGES DE SHIVA

Boomerang
Éditeur jeunesse

Texte et illustrations de Richard Petit

Dépôt légal : Bibliothèque et Archives
nationales du Québec, 2e trimestre 2008

ISBN : 978-2-89595-336-4

Imprimé au Canada

Gouvernement du Québec – Programme de crédit
d'impôt pour l'édition de livres – Gestion SODEC

Boomerang éditeur jeunesse remercie la SODEC
pour l'aide accordée à son programme éditorial.

Nous reconnaissons l'aide financière du
gouvernement du Canada par l'entremise du
Programme d'aide au développement de l'industrie
de l'édition (PADIÉ) pour nos activités d'édition.

edition@boomerangjeunesse.com
www.boomerangjeunesse.com

L'amitié est plus forte qu'une lame...

Prologue

La dernière contrée avant l'ultime confrontation allait bientôt s'ouvrir devant Tarass, Kayla et Trixx. Depuis que Marabus, la grande mage, s'était jointe à eux, les choses avaient été un peu moins difficiles.

L'union de Marabus et Kayla, qui conjuguaient leur force et leur savoir, profitait grandement à Tarass. Il pouvait maintenant compter sur le duo de mages le plus redoutable de tout l'atoll de Zoombira. La puissance de leur magie atteignait des sommets inespérés. Leur nouvelle pratique du double sortilège multipliait les effets des mandalas, à un point tel qu'elles pouvaient toutes deux se vanter de pouvoir réaliser ce que jamais aucun mage n'avait accompli auparavant.

Lors de son passage dans la contrée de Greccia, Tarass avait pu parfaire sa technique du maniement de son bouclier de Magalu. Il avait aussi constaté que son arme magique renfermait encore bien d'autres pouvoirs, pouvoirs qu'il espérait bien découvrir dans leur totalité avant la confrontation finale.

De son côté, Trixx s'était donné la tâche de remonter le moral de Kayla. Depuis qu'elle avait appris qu'elle allait mourir à Drakmor, prophétie annoncée par le plus grand mage, Amrak de Lagomias, elle ne souriait presque plus. Trixx s'efforçait donc de lui faire oublier cette bien triste fatalité. Chaque fois que l'occasion se présentait, il tentait de la faire rire en disant ou faisant des bêtises, même au détriment de sa réputation.

Mais ce qui touchait vraiment Kayla, c'était de penser à

la promesse que Tarass lui avait faite, celle de prendre sa place, de mourir pour elle si jamais les prédictions du prophète s'avéraient fondées...

Avant de quitter Greccia pour Indie, Tarass et ses amis avaient infligé à Khonte Khan un revers dont il n'allait jamais pouvoir se relever. Sans combattre ni même porter un seul coup, ils étaient parvenus à supprimer tout l'état-major du conquérant. Les dix-sept têtes dirigeantes responsables de toutes ses armées avaient connu une fin terrible. Parmi les victimes se trouvaient notamment Arok le vieux, Drabor son plus valeureux général, Iffar le perfide, Zaron le massacreur et Kourmu le prédateur. Avec le regard pétrifiant de la méduse, Tarass avait réussi à les transformer en statues de pierre.

Cet incident très contra- riant pour Khan lui avait cependant appris qu'il déte- nait, emprisonnée dans son propre donjon, la pièce maîtresse de son jeu san- glant... RYANNA, la raison principale de la quête acharnée du « rava- geur », de cette plaie sur deux pattes qu'était pour lui Tarass Krikom.

Dans chaque camp, la guerre était loin d'être gagnée, très loin. Et dans la contrée d'Indie, Tarass et ses amis allaient être confrontés à leurs plus grands défis, et aussi, à leur plus grand ennemi. Une créature très cruelle mi- monstre, mi-femme, Shiva Khan, sœur de Khonte Khan, reine des pièges mortels...

JAPONDO

LAGOMIAS

ÉGYPTIOS

INDIE

AZTEKA JURASSIUM

DRAKMOR

ROMIA

GRECCIA

LA CONTRÉE
OUBLIÉE

N

O

E

S

Ryanna

Le moral du groupe était plutôt bon, malgré la monotonie des murs du labyrinthe qu'il longeait depuis des mois…

— NON MAIS, TU ME LÂCHES UN PEU, BLEU ?

Trixx arbora une mine déconfite.

— Mais Kayla, tout ce que je veux c'est que tu souries ! Tu me sembles si triste depuis que nous avons quitté Greccia.

Exaspérée, Kayla se tourna vers Marabus et lui chuchota :

— Je n'en peux plus, il ne me lâche pas d'une semelle. Que quelqu'un fasse tout de suite cesser cette torture ou qu'on m'achève immédiatement, je vous en prie…

Marabus se mit à rire devant le désarroi teinté d'humour de sa nièce.

Voyant qu'il n'était plus apprécié, Trixx accéléra le pas pour rejoindre Tarass. Ce dernier auscultait attentivement les murs du labyrinthe qui s'étendaient à perte de vue de chaque côté.

— Il ne veut que ton bien, tu sais, dit finalement Marabus à sa nièce. Moi, je trouve qu'il est adorable. Autant d'attention, c'est très touchant.

— PFFOOUU ! souffla Kayla qui en avait vraiment ras-le-bol.

Quelques mètres devant, elles virent Tarass s'arrêter, l'air préoccupé, pour examiner un des murs de côté…

* * *

Pendant ce temps, à Drakmor, dans la plus haute tour du château de Khonte Khan…

— Tiens, tiens, tiens ! Mais qui est-ce, devant nous ? Cette jeune dame ne serait-elle pas, par hasard, la belle Ryanna de Lagomias ?

Khan était enfoncé dans son trône. Près de lui, retenu par une grosse chaîne, Gorbo son molosse se pourléchait les babines. Gorbo était une espèce de gros chien de garde mutant que Khan avait recueilli au cours d'un de ses pèlerinages dans les profondeurs terrestres, où n'habitaient que les monstres rejetés de la surface. Il lui caressait la tête affectueusement.

Ryanna demeura impassible. Elle était agenouillée, les yeux rivés au sol, et ses longs cheveux blonds cachaient son visage. Un attroupement d'ograkks surexcités les entourait.

Khan se leva promptement de son trône et se dirigea vers elle. Gorbo, qui n'avait d'yeux, et de dents, que pour Ryanna, grogna mais resta enchaîné tout près de son maître.

— Tu ne connaîtrais pas…, commença-t-il en l'examinant de la tête aux pieds.

Il tourna autour d'elle en tenant serré la chaîne de son cabot mutant qui salivait abondamment devant la chair fraîche de la jeune femme.

— Un certain Tarass Krikom !

Ryanna leva alors lentement la tête. Son visage traduisait son étonnement, et bien entendu, sa joie…

Devant la réaction évidente et non contenue de Ryanna, Khan eut la confirmation de l'identité de sa prisonnière.

Ravi mais enragé, il se pencha vers elle.

— Sais-tu que ton petit copain s'en vient pour te délivrer ?

Ryanna ne put contenir son émotion. Ses beaux yeux bleus se remplirent de larmes. Dans ses pensées revint ce souvenir heureux et si lointain où elle avait joué avec Tarass et leurs amis pour la dernière fois au graboulie. Ensuite, après son enlèvement, ce fut comme un enfer qui débuta pour elle. Ce long voyage cauchemardesque avec les lézards volants jusqu'à Drakmor. Jamais elle n'oublierait les arrêts dans les villes survolées, ou plutôt ces scènes de carnage au cours desquelles les grandes créatures de Khan s'adonnaient à un affreux massacre pour se nourrir.

Commencèrent alors les longs mois, qui se transformèrent vite en années, dans les sombres bas-fonds du donjon crasseux et morbide du château de Khan. Le manque de nourriture, la malpropreté infecte des lieux, les rats qui, quelquefois, lui procuraient ainsi qu'aux autres prisonniers quelque chose de solide à se mettre sous la dent faisaient partie de son quotidien.

Même si elle avait le visage encrassé, il était possible de voir ses jolis traits. Elle portait encore les mêmes vêtements, maintenant décolorés et en lambeaux, que le jour de son enlèvement.

Le cabot de Khan se mit à renifler le cou de Ryanna de façon dégoûtante. Il lui bavait dessus. Elle sentit soudain l'un des crocs de l'animal toucher sa peau. Khan tira d'un geste sec sur la chaîne pour éloigner Gorbo de sa captive.

— TOUT DOUX, GORBO ! PAS TOUT DE SUITE !

Tous les ograkks ricanèrent malicieusement...

— Il me cause des tas de problèmes, ton ami, et ce que je déteste le plus, c'est d'être contrarié.

Gorbo gratta le plancher frénétiquement; il était en appétit. Khan laissa aller
sa bête et resserra la chaîne juste avant
qu'elle n'atteigne Ryanna. La jeune
femme porta ses deux mains à son visage
et tomba sur le côté.

À seulement quelques centimètres
d'elle, Gorbo rugit, ses yeux emplis de
fureur. Khan tira violemment sur la
chaîne, expédiant ainsi son chien mutant
au loin. Gorbo glissa sur le plancher
avant de se frapper la tête contre un mur,
où il tomba, assommé.

Khonte Khan attrapa ensuite Ryanna
et la souleva au-dessus de lui.

— Tu es jolie, tu sais ! lui dit-il d'un
air menaçant. J'AI DES PROJETS
POUR TOI !

Dédale ouvre-toi !

Tarass fixait le mur. Il était un peu essoufflé.

— Un autre, tu crois ? lui demanda Trixx.

Tarass s'élança et frappa violemment le mur avec son arme.

BRAAAAM !

Le mur s'écroula comme un vulgaire château de cartes.

— C'est le vingtième exactement ! lui répondit Tarass. C'est le vingtième mur que j'abats aujourd'hui.

Il regarda son bouclier, craignant chaque fois d'émousser le côté effilé de son arme.

Depuis que Khan avait fait construire de nouveaux murs dans le labyrinthe, il était impossible d'espérer en sortir à moins de les abattre tous, de façon systématique. C'était une tâche très laborieuse que seul Tarass pouvait accomplir, du moins semblait-il.

Trixx en eut assez de voir son ami se taper tout le boulot et se mit à chercher une autre solution. Il s'écarta de Tarass qui reprenait son souffle et se dirigea vers Marabus qui, à l'écart, discutait sortilèges avec sa nièce.

— Marabus ! l'interrompit-il.

La grande mage, légèrement irritée, se tourna vers lui.

— JE SAIS COMMENT ABATTRE D'UN SEUL COUP TOUS LES MURS DU LABYRINTHE ! lui lança-t-il l'air sérieux.

Marabus et Kayla le regardèrent, perplexes.

— Ne connaîtriez-vous pas, grande mage, une sorte de créature volante capable de soulever de lourdes charges ? s'enquit Trixx.

Marabus trouva un peu étrange et inquiétante l'intervention de Trixx.

— Pas personnellement, mais… oui, lui répondit-elle tout de même.

— Laquelle ? Décrivez-la-moi, s'il vous plaît.

Kayla semblait tout aussi étonnée que sa tante, car des propos sérieux de la part de son ami Trixx étaient chose rare et inhabituelle.

— Je crois avoir une image de cette créature dans un de mes grimoires.

Marabus fouilla dans son pactouille et en ressortit un petit bouquin noir à la couverture de cuir usée. Elle tourna rapidement les pages, puis s'arrêta sur l'une d'elles.

— VOILÀ ! s'écria-t-elle. C'est un griffon.

Elle posa son doigt sur l'image d'un gigantesque lézard volant.

La créature dessinée dans le grimoire était fabuleuse. Elle possédait un corps de lion, deux très grandes ailes et une tête d'aigle. Elle était capable non seulement de s'élever très haut dans les airs, mais aussi de transporter plusieurs personnes sur son dos poilu.

— EXCELLENT ! C'EST CE QU'IL

NOUS FAUT ! s'écria Trixx, satisfait. CE MONSTRE FERA PARFAITE-MENT L'AFFAIRE !

— Qu'est-ce que tu veux dire par « fera parfaitement l'affaire » ? voulut à tout prix savoir Kayla, qui n'avait pas du tout confiance en son ami. On ne peut pas appeler une telle créature comme on appelle Ixat, celui qui, à Moritia, peut nous transporter d'un endroit à l'autre pour quelques pièces de monnaie avec sa carriole toute rembourrée et décorée de guirlandes en tissu colorées ! Jamais on ne pourra trouver un griffon.

Tarass, qui avait décidé de prendre une petite pause, arriva près d'eux.

— Qu'est-ce qui se passe ? leur demanda-t-il, le visage fatigué.

— Bleu est encore en train de nous piquer une de ses fameuses crisettes, lui répondit Kayla.

— ALLEZ ! REGARDEZ-LE ! Une vraie loque humaine, tenta de leur faire comprendre Trixx en montrant l'état lamentable dans lequel était Tarass. Il en fait trop, je vous dis. Tous les murs qu'il doit abattre. J'ai une idée pour nous sortir d'ici, alors, pour une fois, vous allez tous m'écouter.

* * *

Dans le château de Khan, Ryanna était confortablement assise dans un bain d'eau chaude aux odeurs envoûtantes. Sur son corps, les taches de saleté s'enlevaient presque par croûtes. Une vampelle lui frottait le dos avec une éponge poreuse.

— Si ce monstre croit qu'il va m'amadouer, grogna-t-elle à la dame à la peau horriblement blanche, il se trompe royalement.

La vampelle ne réagissait pas...

Ryanna remarqua tout à coup ses yeux rouges et sans vie.

Les vampelles étaient des femmes aveugles forcées de servir Khan. Avant de devenir ses esclaves, elles résidaient dans les abîmes des grottes noires de Charodon. Ces endroits étaient les plus sombres de tout l'atoll, et les plus sécuritaires aussi, rien ni personne n'osant y pénétrer, puisqu'il était très facile de s'y perdre.

Autrefois, il y a de cela très longtemps, des guerriers sans pitié d'Aztéka
arrivèrent par la mer et attaquèrent un
petit village situé sur la côte nord de la
contrée d'Indie. Les femmes du village
trouvèrent refuge, avec leurs filles, dans
ces grottes maudites.

Une guerre éclata et tous les hommes
et garçons du village conjuguèrent leurs
forces pour combattre l'envahisseur, qui
continuait à amener des renforts par la
mer.

Le petit village de la côte nord
d'Indie perdit la bataille, et les femmes
et les jeunes filles furent oubliées dans
les grottes. Jamais elles ne parvinrent à
retrouver la sortie, car seuls les hommes
pouvaient entrer, sortir et se déplacer
dans ce dédale maudit.

Dans la noirceur totale, le temps ne
comptait plus pour elles. Au fil des siè-
cles, aucune d'elles ne connut la mort. À
défaut de perdre la vie, elles perdirent
l'usage de leurs yeux, devenus totalement inutiles dans ces profondes
ténèbres...

Khan, à qui un mage avait raconté
cette histoire, ne l'oublia jamais.

Lorsqu'il devint un puissant sorcier, il chargea l'une de ses escouades d'ograkks de retrouver ces femmes et de les lui ramener, toutes sans exception.

Les vampelles acceptèrent alors de le servir, car Khan leur fit une promesse de guérison lorsque le temps serait venu, lorsqu'il serait maître suprême... DE ZOOMBIRA !

Ryanna savourait pleinement ce bain qui la ravivait. Elle n'en était pas moins atterrée de ce qui pouvait l'attendre. Les fenêtres de la chambre où elle se trouvait étaient traversées de solides barreaux de fer.

La vampelle déversa une huile parfumée dans l'eau. L'odeur agréable arriva aux narines de Ryanna, qui se laissa emporter jusqu'à s'assoupir...

* * *

Trixx se rendit jusqu'à un croisement de quatre chemins et ferma les yeux.

Ses paupières se crispèrent et son corps se mit soudain à grandir, à grandir et à grandir encore de plusieurs mètres. Ses deux bras s'allongèrent et se transformèrent. Sa peau ondula comme des vagues et changea de couleur. De longs poils apparurent partout sur son corps et un long bec poussa sur son visage.

Tarass, Kayla et Marabus s'écartèrent lorsqu'il déploya deux grandes ailes loin de chaque côté de lui dans les passages.

La transformation était complétée. Trixx avait réussi ! Il venait de se métamorphoser en puissant griffon... bleu. Son épée millénaire était enroulée autour de son cou.

Trixx ne demanda pas à ses amis de sauter sur son dos. Avec son bec, il les prit plutôt l'un après l'autre pour les déposer sur lui.

Il leva ses ailes vers le ciel, puis les rabattit d'un geste sec vers le sol. Son corps se souleva de quelques centimètres et retomba aussi vite.

— TU CROIS QUE TU VAS Y PARVENIR ? lui demanda Marabus.

Trixx répondit par un furieux battement d'ailes qui créa un gigantesque nuage de poussière et les propulsa à plusieurs mètres du sol.

Les ailes complètement déployées, il donna un autre très grand coup qui les propulsa encore plus haut, hors des murs du labyrinthe. De là, il put prendre son envol d'une façon absolument majestueuse.

Tarass, assis juste derrière la tête de son ami, lui caressa le cou de sa main. Il jubilait.

— BRAVO, BLEU !

— TU ES TOTALEMENT GÉNIAL ! cria Kayla.

Elle regardait en souriant le paysage merveilleux qui s'étalait à perte de vue.

Marabus n'en croyait pas ses yeux. Le dernier étage de sa tour lui offrait une très belle vue, mais rien en comparaison de cela.

Tarass leva son bras droit devant lui et hurla :

— DIRECTION DRAKMOR ! SANS ARRÊT ! RYANNA, NOUS VOILÀ !

D'anciennes
fréquentations

Ils survolaient un paysage de montagnes et de magnifiques forêts qui
s'enchaînaient sans fin. Kayla fut
impressionnée par le très grand fleuve
qui séparait la contrée en deux. L'air
était bon et le soleil chauffait leur peau.

— REGARDEZ ! leur cria Marabus
en pointant la chaîne de montagnes.
C'est l'Himalaya, la plus belle et la plus
haute chaîne de montagnes du monde.

Ils étaient tous les trois éblouis.

Soudain, Marabus aperçut à l'horizon
trois petits points noirs, qui devinrent
des masses noires et continuèrent de
grossir rapidement. Elle comprit tout de
suite qu'il ne s'agissait pas de nuages

sombres chargés de pluie, car ils allaient dans la mauvaise direction... Ils se dirigeaient tout droit VERS EUX !

Plus les objets non identifiés approchaient, plus Marabus devinait leur forme. Elle distingua un battement d'ailes... Elle tapa sur l'épaule de Kayla et pointa son doigt en direction des... créatures qui approchaient.

Le beau visage de Kayla perdit aussitôt son éclat lorsqu'elle aperçut trois lézards géants qui arrivaient vers eux.

À son tour, elle tapa sur l'épaule de Tarass qui n'avait rien remarqué. Les yeux fermés, il profitait du bon air frais qui lui fouettait le visage.

En ouvrant les yeux, il vit tout de suite les trois lézards, qui n'étaient plus qu'à quelques dizaines de mètres d'eux sur leur gauche.

— BLEU ! hurla-t il sans attendre.

Trixx tourna la tête dans la direction que lui indiquait Tarass et distingua les trois visiteurs.

Le griffon bleu colla ses ailes à son corps et plongea lourdement vers le sol comme une roche. Les trois lézards passèrent si près de lui que l'un d'eux parvint à égratigner la tête de Marabus avec l'une de ses serres. Le sang se mit à couler sur son front.

La chute fut si brusque qu'ils eurent peine à respirer durant quelques instants.

Trixx déploya soudain ses ailes pour conserver cette altitude, car il savait que, trop près du sol, il aurait considérablement moins de marge de manœuvre.

Sur son dos, ses amis pouvaient maintenant respirer. Kayla aperçut les trois lézards qui revenaient à la charge.

— MAIS QU'EST-CE QUE C'EST QUE CES MONSTRES ! hurla-t-elle à sa tante par-dessus son épaule.

Kayla vit le sang qui giclait de sa tête. Son regard se crispa dans une grimace horrible.

— MAIS TU AS ÉTÉ TOUCHÉE ! s'écria-t-elle, sidérée.

— ÇA VA ! lui dit sa tante en se tenant la tête. CE N'EST RIEN ! SIMPLEMENT UNE ÉCORCHURE !

— MAIS D'OÙ VIENNENT CES CRÉATURES ? redemanda Kayla.

— CE SONT DES CRÉATURES

SEMBLABLES QUI ONT ENLEVÉ ET EMPORTÉ NOS AMIS DE MORITIA, QUI ONT ENLEVÉ AUSSI RYANNA ! lui rappela Tarass.

De mauvais souvenirs revenaient dans la tête de Kayla.

— Ce sont des... ptéranodons, des lézards volants de... de la contrée de Jurassium, leur apprit Marabus.

Elle était un peu étourdie à cause de sa blessure, mais cela ne l'empêchait pas de parler ni de réfléchir.

Un ptéranodon virevolta et effectua un plongeon en direction de l'une des ailes de Trixx. Avec son long bec ouvert, il parvint à lui arracher une grosse touffe de plumes.

Blessé, Trixx effectua une courte vrille vers le sol, mais put reprendre son vol en battant encore plus frénétiquement des ailes.

Les deux autres ptéranodons arrivèrent de chaque côté d'eux pour les prendre en souricière. Kayla fouilla dans son sac et en ressortit un mandala dessiné sur une grosse feuille séchée. Elle le lança au-dessus d'elle.

Voyant qu'il allait être écrasé par les deux lézards qui fonçaient vers lui à toute vitesse, Trixx, dans un élan de panique, leva la tête pour changer de direction. Tarass, Kayla et Marabus s'agrippèrent aux longs poils de son dos.

Le griffon bleu battit furieusement des ailes et réussit à s'élever juste assez haut dans le ciel pour éviter la collision. Adroitement, les deux ptéranodons se croisèrent ventre contre ventre et s'écartèrent l'un de l'autre.

L'un d'eux, affamé sans doute, avait cependant, et malheureusement pour lui, happé avec sa bouche la grosse feuille séchée de Kayla.

— TU ES FAIT, SALOPARD D'OISEAU PRÉHISTORIQUE ! lui cria-t-elle, contente.

Lorsqu'elle s'apprêta à hurler l'incantation, Marabus la stoppa.

— NOOON ! lui dit-elle en l'empoignant par l'épaule. Si tu attends un peu, tu pourras faire d'une pierre deux coups. REGARDE !

Le grand lézard volant s'éloignait d'eux et il était déjà trop loin pour que le son de sa voix puisse atteindre son mandala.

Kayla ne comprenait pas ce que sa tante lui demandait de faire, mais elle lui faisait parfaitement confiance. Comme une grande mage qu'elle était devenue, elle attendit le moment propice avant de prononcer l'incantation.

Kayla ne quittait pas des yeux le ptéranodon qui avait avalé son mandala. Au loin, elle le vit soudain planer haut dans le ciel et revenir vers eux. Le deuxième ptéranodon arriva à ses côtés. Les deux lézards s'apprêtaient à conjuguer leur attaque encore une fois. Derrière eux, le troisième convergeait lui aussi dans la même direction.

Kayla comprit maintenant ce que Marabus voulait qu'elle fasse. Elle se réjouit de cette idée.

De son côté, Trixx ne savait plus où aller. Il battait des ailes de façon saccadée et changeait continuellement de cap. Chaque fois, les trois ptéranodons corrigeaient leur trajectoire. Il se sentit soudain pris au piège.

Il leva la tête vers Tarass.

— JE VEUX REPRENDRE MA FORME NORMALE ! JE N'AI PLUS LE CHOIX ! hurla-t-il à son ami.

— MAIS TU ES FOU ! NOUS ALLONS TOUS CHUTER VERS LA MORT !

— NON ! s'écria encore Trixx. NOUS SURVOLONS UN LAC !

— NOOON ! protesta vivement Tarass. NE FAIS PAS CELA, C'EST DE LA PURE FOLIE !

Derrière Tarass, Kayla renchérit.

— NON, BLEU, ATTENDS ! À MON SIGNAL, COLLE TES AILES AU-DESSUS DE TON CORPS ET CACHE TA TÊTE, CAR ÇA VA PÉTER…

Même s'il croyait fermement que leur heure avait sonné, Trixx l'écouta et attendit.

Les trois ptéranodons n'étaient plus qu'à quelques mètres d'eux lorsque Kayla donna le signal à son ami, et hurla du même coup l'incantation :

— MAINTENANT, TRIXX ! cria-t-elle. BURA-TRE-MUIRA !

Aussitôt, le corps du ptéranodon qui avait avalé le mandala se gonfla comme un ballon et explosa, propulsant dans toutes les directions plusieurs morceaux répugnants. De son estomac jaillit soudain un immense arbre, un lourd et gigantesque chêne.

Le deuxième lézard fut complètement enveloppé par les branches, si bien qu'il disparut sous le feuillage. Le gros arbre l'entraîna bien sûr dans sa chute en direction du sol.

Trixx, qui maintenait la même position, avait perdu beaucoup d'altitude, mais la manœuvre lui avait cependant permis d'éviter le dernier lézard qui, même seul, revenait à l'attaque.

Tarass glissa sur le côté pour se placer près de l'œil de son ami. Il leva son bras pour lui montrer le dernier lézard.

— PAR LÀ, BLEU ! rugit-il. FONCE ET LORSQUE TU SERAS ARRIVÉ PRÈS DE LUI... PLONGE !

Trixx faisait confiance à son ami. Il savait que Tarass n'allait faire qu'une bouchée de ce dernier ptéranodon. Il souleva donc son aile gauche et pivota pour se diriger en ligne droite vers la créature ailée.

Le lézard ne changea pas de cap, malgré la réaction de Trixx qui, intrépide, fonçait directement sur lui.

Lorsqu'il fut tout près du lézard, il baissa la tête. Le ptéranodon ouvrit son grand bec et tenta de lui briser le cou. Tarass, debout sur le dos de son ami, frappa de toutes ses forces le ptéranodon avec son bouclier à la hauteur d'une aile. Le fémur brisé, le ptéranodon hurla sa douleur.

GROOOUUU !

Blessé au point de ne plus pouvoir battre de cette aile, il se mit à effectuer des vrilles pour finalement s'écraser sur le flanc d'une montagne.

Tarass se rassit et tapota la tête de Trixx.

— J'espère qu'il s'agissait des mêmes lézards qui sont venus à Lagomias, dit Kayla. De cette façon, nos amis seraient vengés.

Derrière elle, Marabus avait enfin réussi à stopper l'hémorragie.

— Est-ce que ça va, chère tante ?

— Oui, Kayla, ne t'en fais pas.

À peine remis de leurs émotions, Trixx le griffon et ses trois passagers virent apparaître, devant eux, l'extrémité du continent. Au-delà de la côte s'étendait une très vaste étendue d'eau.

La vue de l'océan contraria Tarass, puisque cela signifiait que leur confrontation avec les ptéranodons les avait de beaucoup écartés de leur route…

— AH NON ! s'exclama Kayla, en constatant à son tour leur déviation.

— OUAIS ! lui confirma Tarass. C'EST BIEN LA MER QUE TU VOIS. DRAKMOR EST DERRIÈRE NOUS !

Tarass se pencha pour être vu de son ami Trixx, et fit tourner son index devant son gros œil pour qu'il rebrousse chemin. Son ami pencha une aile vers le sol et fit demi-tour.

À peine un demi-sablier plus tard, Tarass remarqua que la vitesse de Trixx avait sérieusement diminué et qu'il perdait progressivement de l'altitude.

Il se pencha de nouveau vers lui.

— Qu'est-ce qui se passe, Trixx, tu es fatigué ?

Trixx ne put lui répondre et préféra hocher la tête pour conserver le peu de forces qu'il avait en réserve.

La distance qu'il restait à parcourir pour arriver à Drakmor était encore très grande, trop pour qu'ils puissent y parvenir sur le dos de Trixx.

— C'est assez, Trixx ! Tu en as assez fait.

— Tu veux que je descende ici ? put-il enfin glatir de sa gorge d'aigle.

— Non ! Laisse-toi planer dans cette direction. Il faut aller chercher le plus de distance.

L'aveu

Après un vol plané de plusieurs centaines de mètres, Trixx se posa enfin par terre, après avoir repéré une plage bordant un grand lac. Complètement épuisé et déshydraté, il s'abreuva longuement dans les eaux claires. Ses forces lui revinrent peu à peu. Tarass s'était assis près de lui et le regardait, admiratif.

— Nous l'avons vraiment échappé belle, qu'en penses-tu ?

Trixx hocha la tête en signe d'approbation.

— Tu aurais dû me laisser voler jusqu'à Drakmor, lui dit-il ensuite d'un air désolé.

Il jeta de l'eau fraîche sur son visage.

— Tu étais fatigué, Bleu, trop fatigué. Épuisé même, je dirais...

— Au sablier qu'il est, nous serions déjà à Drakmor. Et puis, je ne pourrai pas me transformer de si tôt, tu sais. Je ne suis qu'un simple morphom, capable d'une seule transformation majeure par jour. Et je crois qu'une métamorphose en griffon, c'est ce que l'on peut qualifier de majeur, n'est-ce pas ?

Tarass ne lui répondit pas. Il préféra plutôt le complimenter.

— Bleu, tu as été extraordinaire, tu sais.

Trixx se figea devant ce commentaire élogieux.

— Tu nous as sortis du labyrinthe, tu t'es vraiment débrouillé très bien contre TROIS PTÉRANODONS ! Nous aurions pu tous périr. Tu es un vrai héros !

Trixx regarda la surface du lac et soupira.

— Tu aurais fait la même chose que moi si tu avais été à ma place.

— LA MÊME CHOSE ? répéta Tarass. PFOU ! Peut-être, mais si je suis arrivé jusqu'ici, c'est en grande partie grâce à toi...

Trixx leva la tête vers son ami. Tarass enchaîna :

— En fait, je voudrais te dire, maintenant que nous sommes si près du but, que...

Tarass s'arrêta pour peser ses mots.

— Non ! Ce n'est pas ce que je veux dire.

Il se reprit.

— Parce que nous ne savons pas vraiment ce qui va se passer, ici à Indie comme à Drakmor, et que je n'aurai peut-être plus la chance de te parler...

Tarass et Trixx réalisaient tous les deux qu'ils étaient parvenus à l'endroit le plus risqué et le plus dangereux de tout l'atoll.

— Je voudrais te remercier pour tout ce que tu as fait pour moi, continua Tarass, et pour Ryanna aussi.

Le regard de Tarass n'avait jamais été aussi fraternel.

— Je te remercie de tout mon cœur de m'accompagner dans ce grand périple.

Trixx s'approcha de son ami et passa son bras autour de son cou.

— Bah ! souffla-t-il à côté de lui. Tout ça n'est rien ! Parlons de choses sérieuses. Si jamais tu n'as pas d'échelle ou d'escabeau pour peindre le plafond de ta maison, tu sais que tu peux compter sur moi. Je peux me transformer en ogre ou en géant, et te faire ça très facilement...

Bouche bée, Tarass le dévisagea...

— T'es vraiment un crétin de la pire espèce, tu sais, finit-il par lui dire. Je t'ouvre mon cœur pour te dire à quel point j'apprécie ce que tu fais pour moi et toi...

Trixx se leva pour aller rejoindre Kayla et Marabus qui avaient allumé un feu.

— TU DÉCONNES ! termina Tarass alors que Trixx s'éloignait.

— GNA ! GNA ! GNA ! lui répondit impoliment ce dernier. TU VERRAS, TU VAS CHANGER D'IDÉE LORSQUE VIENDRA LE TEMPS DE PEINDRE TON PLAFOND...

Furieux, Tarass se leva lui aussi pour rejoindre les deux mages...

— C'est vraiment le roi des...

Le premier piège

Tarass, Kayla, Trixx et Marabus étaient penchés sur le feu. La grande mage avait préparé une bonne ration de sa fameuse tisane à base de jus d'yeux de corbeaux. Cette infecte potion aux effluves malodorants avait, disait-elle, la propriété de ramener les forces perdues. Et il était vrai qu'ils en avaient tous sérieusement besoin…

Tarass prit une grosse gorgée et grimaça, comme toujours.

— C'est le genre de truc auquel on ne s'habitue jamais, n'est-ce pas ? se plaignit-il.

Trixx aussi crispait son visage de dégoût à chaque gorgée.

— DEURK ! Ça goûte toujours la

couche de bébé, votre cocktail, chère Marabus...

— Buvez encore, les obligea-t-elle en remplissant leur tasse de nouveau.

Trixx écarta son bras.

— NON MERCI ! Je suis assez d'aplomb comme ça. Je tiens une forme resplendissante !

Kayla finit sa ration d'un seul coup et grimaça elle aussi.

— C'est très bon, tu sais, chère nièce, très, très bon ! lui répéta sa tante.

Kayla hocha la tête...

— NON !

— Nous ne doutons pas des qualités nutritionnelles de votre mixture, lui assura Trixx. Le problème, c'est que nous avons des papilles gustatives, voyez-vous.

Il ouvrit sa bouche et pointa sa langue avec son doigt. Tarass et Kayla le regardèrent, hébétés et un peu répugnés.

— Là, là et là ! reprit Trixx.

Tarass et Kayla fermèrent les yeux. Marabus continua d'écouter, intéressée par le commentaire critique du jeune homme.

— Et votre mixture doit passer tout d'abord par cette partie de notre corps avant de se rendre à notre estomac. Alors voilà, c'est vraiment, absolument, dégueulasse...

Marabus demeura immobile en fixant Trixx, le regard un peu perdu.

— C'EST VRAI ! Je ne m'y connais pas trop en ce domaine, mais si vous pouviez ajouter de l'essence de fraise des champs, par exemple, je crois que ce serait bien meilleur au goût, lui proposa-t-il pour en finir avec cette histoire. Nous, et lorsque je parle de nous, j'inclus mes deux amis ici présents, dont la capacité de communication semble avoir été sérieusement affectée par la saveur de cette préparation au caractère nutritif important et bienfaisant, mais totalement imbuvable et...

— SILENCE ! lui cria Tarass qui en avait entendu plus qu'assez.

Un grondement résonna soudain et les fit bondir tous les trois sur leurs jambes.

GRRRRRRRRRRRR !

Derrière eux, tous les arbres d'une petite forêt venaient inconcevablement de disparaître. Il n'y avait plus qu'une plaine complètement plate et morne qui s'étendait à perte de vue. Plus une roche, ni même une petite dénivellation.

— C'est un tremblement de terre qui a fait ça, vous croyez ? demanda Tarass.

Il savait bien, tout au fond de lui, que la nature n'avait rien à voir avec ce qui venait de se passer.

— Non ! lui répondit Marabus. Je sens quelque chose de magique autour de nous. Un sokrilège, je crois.

Elle avait levé ses deux bras devant elle et captait les ondes à peine perceptibles d'un envoûtement.

Kayla, qui n'était pas encore parvenue à maîtriser parfaitement cette facette importante de sa compétence de mage, leva les bras elle aussi pour tenter de sentir cette énergie.

Tarass déposa sa tasse, ramassa son bouclier et se mit à avancer pour examiner de plus près cette plaine qui venait tout juste de se matérialiser.

Il remarqua soudain, sur la vaste étendue sablonneuse, quatre dalles presque recouvertes de sable et placées de façon à former un carré parfait. Trois mètres les séparaient l'une de l'autre.

Kayla et les deux autres s'approchèrent.

— Non ! s'exclama Trixx, ce n'est pas un tremblement de terre qui a fait ça, c'est certain.

— C'est très étrange ! réfléchit Kayla. Nous sommes quatre et il y a quatre dalles.

— Une pour chacun de nous ! remarqua aussi Trixx.

— Je n'ai absolument aucune idée de ce dont il s'agit, avoua Marabus.

— Il n'y a qu'un moyen de le savoir, leur lança Tarass, qui voulait jouer le téméraire. Tout le monde à son poste.

Trixx ne saisissait pas trop ce que son ami désirait qu'il fasse.

— Tu veux que nous nous placions chacun sur l'une des dalles ? lui demanda-t-il pour s'en assurer.

Tarass hocha la tête sans regarder son ami et avança vers l'une des dalles. Ses trois amis emboîtèrent le pas et se dirigèrent vers les trois autres.

Tarass s'arrêta juste à côté de la sienne. Il s'aperçut alors qu'il ne s'agissait en fait que d'une simple plaque en pierre à demi ensevelie dans le sable. À sa droite, devant lui et à sa gauche, ses trois amis examinaient eux aussi les dalles.

Tarass se pencha et, avec sa main, il enleva le sable qui recouvrait la sienne. Sous la couche granuleuse, il découvrit la lettre M, gravée.

— IL Y A UN GROS K SUR CELLE-CI, hurla soudain Trixx.

Marabus et Kayla répétèrent les gestes de Tarass et Trixx.

— MOI, J'AI UN T ! s'exclama Kayla en se relevant.

— MOI AUSSI, leur annonça Marabus.

— MAIS QU'EST-CE QUE ÇA VEUT DIRE, UN M, un K et deux T ? demanda Trixx. C'est un jeu ? Une épreuve ? Est-ce que l'on peut faire un mot avec seulement des consonnes ? Aimekatété, katétéaime, tékaaimeté, tétékaaime, NON ! On ne peut pas. Enfin, je ne crois pas...

Tarass trouva une piste.

— Je pense que ce sont les lettres de nos prénoms, leur annonça-t-il, pas trop certain. En tout cas, elles sont toutes les quatre là : k, t, t et m, Kayla, Trixx, Tarass et Marabus.

La grande mage posa son doigt sur le bout de son nez pour réfléchir. Trixx l'imita, pensant que, dans cette position, il pourrait mieux évaluer la situation.

— Je crois que tu as raison, Tarass, lui accorda-t-elle. Il n'y a que quatre dalles, et en plus, elles portent nos initiales. Il y a là trop d'éléments pour que ce soit une coïncidence. Je crois que quelqu'un veut jouer avec nous...

— AH ! j'avais raison, s'exclama Trixx.

— Est-ce que nous devrions nous tenir sur nos dalles respectives ? demanda alors Kayla, qui ne savait plus trop ce qu'elle devait faire.

— OUAIS ! PEUT-ÊTRE ! s'exclama Trixx en souriant.

Il était, de toute évidence, très favorable à la suggestion de son amie Kayla.

— Je vous le dis ! C'est une sorte de jeu ! ajouta-t-il sans trop savoir de quoi il parlait. Il y a si longtemps que nous avons joué à quelque chose tous ensemble.

— NON ! lui suggéra très fortement son ami Tarass. Nous ne sommes pas à Lagomias ici, Trixx. Ce jeu n'a pas été créé dans le but de nous divertir, c'est évident.

— Et s'il y avait un grand prix à gagner ? lui répondit son jeune ami qui jouait les sots.

— Le seul prix que tu pourrais remporter serait ta vie, Trixx. Moi, je ne joue pas et je te conseille de faire de même.

Tarass recula d'un pas pour s'éloigner de la dalle. Kayla et Marabus l'imitèrent. Trixx, lui, demeura encore quelques grains du sablier près de celle à ses pieds, puis, finalement, il fit la même chose et se retira. Tarass poussa un soupir.

Lorsque tous les quatre commencèrent à s'éloigner, le sol se mit à trembler de nouveau, et à trembler encore plus.

BRRRRRRRRRR !

Kayla s'accrocha à Tarass, et Trixx tomba sur ses genoux tellement la secousse était forte. Marabus l'aida à se relever. Sous leurs pieds, le sol bougeait de façon si intense qu'une mince couche de poussière se forma.

— Quand est-ce que ça va cesser ? souhaita Kayla qui dansait devant Tarass pour conserver son équilibre.

Soudain, le sol commença à descendre lentement.

BRRRRRRRRRRRRR !

— NOUS NOUS ENFONÇONS ! hurla Trixx, apeuré.

La descente s'accéléra. Autour d'eux, il n'y avait aucun refuge, car tout tremblait et tout s'enfonçait, sauf les quatre dalles qui s'élevaient maintenant en quatre petites colonnes. Marabus comprit soudain qu'ils n'avaient plus le choix : ils devaient tous les quatre se placer sur les dalles afin d'éviter de s'enfoncer avec le sol.

— SUR LES DALLES ! hurla-t-elle aux autres ! CHACUN SUR SA DALLE RESPECTIVE ! VITE !

Tarass bondit sur ses pieds et se dirigea vers l'une des deux dalles qui portaient la lettre T. Elle avait déjà atteint la hauteur de sa taille et continuait de monter. Lorsqu'il s'apprêta à se hisser sur la colonne, il aperçut Trixx tout près de lui.

— MAIS QU'EST-CE QUE TU FAIS ICI ? RENDS-TOI À L'AUTRE DALLE, VITE !

BRRRRRRRRR !

Trixx ne broncha pas et demeura près de Tarass.

— MAIS QU'EST-CE QUE TU ATTENDS ? DÉGAGE, VITE !

— IL EST TROP TARD ! JE VAIS MONTER AVEC TOI SUR LA TIENNE !

BRRRRRRRRR !

— MAIS TU ES COMPLÈTEMENT FOU ! l'invectiva Tarass. C'EST TROP ÉTROIT ! IL N'Y A PAS DE PLACE POUR NOUS DEUX !

Trixx demeura près de Tarass, comme figé par la peur. Comprenant dans quel état son ami était, Tarass l'aida à monter. Trixx se plaça tant bien que mal en équilibre, le ventre sur la dalle. Il se balançait, le corps recourbé de chaque côté, mais au moins il était hors de danger.

Tarass se retourna vers les deux mages. Marabus et Kayla étaient, elles aussi, en sécurité sur leur dalle, l'une debout et l'autre assise. Avec ses deux bras, Kayla gesticula à Tarass de se presser.

Autour de Tarass, le sol s'enfonçait sans s'arrêter et les quatre colonnes semblaient s'élever toujours encore plus haut vers le ciel. Il se catapulta au dernier moment pour s'agripper à la dernière. Ses deux mains, miraculeusement, parvinrent à attraper le rebord de la dalle. Le corps suspendu dans le vide, il réussit à se hisser hors du gouffre qui ne cessait de s'approfondir autour des quatre colonnes. Enfin, il était, lui aussi, hors de danger... pour l'instant.

Quatre contre qui ?

Le sol avait complètement disparu et un abîme d'une profondeur insondable s'était formé autour de Tarass, Kayla, Marabus et Trixx. Ils étaient juchés sur de très hautes et très fragiles colonnes de sable durci, dans un équilibre tout aussi précaire.

Kayla se pencha dans le vide. Tarass l'imita.

— Tu vois quelque chose, toi ? lui demanda Kayla en scrutant les profondeurs sombres.

— Non ! Rien ! Je ne vois absolument rien.

— Peu importe qui veut s'amuser avec nous, en déduisit Marabus, il semble en tout cas très pressé de commencer la partie.

Trixx leva la tête vers la grande mage.

— VOUS CROYEZ QUE CE QUI NOUS ARRIVE N'EST QU'UN STUPIDE JEU ? s'emporta Trixx. MOI, ÇA NE ME TENTE PLUS DE JOUER ! JE VEUX DÉBARQUER !

Kayla se pencha de nouveau vers le gouffre.

— MAIS TU ES FOU ! Où irais-tu ? On ne voit même pas le fond.

Trixx poussa un long soupir, puis s'assit sur la dalle et appuya sa tête sur son poing.

Marabus réfléchissait tout haut :

— Quatre colonnes, quatre dalles portant nos initiales, un abîme… Cette situation est absurde, je n'y vois aucune logique ! s'exclama-t-elle, dépassée par les événements.

— C'est certainement quelqu'un qui nous veut du mal, grommela Trixx, qui balançait ses deux pieds dans le vide.

— Celui ou celle qui est assez doué pour créer un tel décor possède de toute évidence les moyens de nous exterminer facilement, déduisit Marabus. Non ! Je ne sais pas à qui nous avons affaire, mais cette personne joue tout simplement avec nous comme un animal sauvage avec sa proie avant de la dévorer.

— C'est ce que certains êtres perfides et diaboliques appellent la vraie puissance, ajouta Kayla.

Tarass regardait nerveusement autour de lui. S'il pouvait sauter et atteindre une autre colonne, il le ferait, mais qu'est-ce que ça changerait ? Il se retrouverait dans la même situation, pris au bout d'un autre pic sablonneux comme le sien.

— Nous ne pouvons rien faire, Tarass, sauf attendre, lui dit Marabus.

— Je suis de ton avis, chère tante. Je ne vois pas ce que nous pouvons faire de plus.

Prenant son mal en patience, Kayla s'assit elle aussi pour être plus à l'aise.

— Espérons que ça ne sera pas trop long…

Évidemment, cette passivité ne plaisait pas du tout à Tarass. Pour lui, ne rien faire alors que Drakmor était tout près était insoutenable et le rendait encore plus fébrile.

Lorsqu'il se pencha pour examiner une fois de plus l'abîme, il remarqua une vive incandescence qui n'y était pas un peu plus tôt. Elle émanait du fond, qui maintenant, remontait graduellement. Il lui sembla que cette lueur provenait d'une substance ressemblant à du magma, de la lave. Il attendit d'en être certain, pour ne pas alarmer inutilement les autres.

Lorsqu'il aperçut enfin de gros bouillons rouges de roche en fusion, il les mit en garde.

— Je crois que nous ne pouvons plus attendre, leur montra-t-il en pointant son bouclier vers le fond du gouffre.

Trixx, qui avait les deux bras derrière la nuque et qui en profitait pour prendre un bain de soleil, tourna la tête vers son ami.

— QUOI ? s'écria-t-il.

Marabus et Kayla regardèrent Tarass.

Ce dernier fit bouger son arme dans la direction de la lave pour qu'ils baissent tous les trois la tête.

Trixx pencha la sienne, puis se releva rapidement en apercevant la roche en fusion. Les yeux de Marabus et Kayla s'agrandirent de frayeur à la vision de la lave.

— AH NON ! s'écria Trixx, qui s'affolait tout à coup. ÇA MONTE VERS NOUS EN PLUS !

Il dansait sur la dalle, sur un pied puis sur l'autre.

Marabus observait, muette, la lave qui montait progressivement et allait assez vite les submerger.

— Je crois que nous n'avons plus le choix maintenant, leur annonça Kayla.

Tarass se tourna vers son amie. Son visage était blême.

— Nous n'avons plus le choix de quoi ? lui demanda-t-il, incrédule.

— MAIS DE JOUER, TARASS ! DE JOUER !

— DE JOUER À QUOI ? s'emporta-t-il, un peu paniqué. TU VOIS UN JEU ICI, TOI ?

Comme poussée par une intuition, Marabus jeta un coup d'œil sur sa dalle en pierre. Elle remarqua soudain que sous ses pieds, la lettre T avait remplacé son initiale. Elle se rappelait parfaitement s'être juchée sur la bonne colonne lorsque le sol avait commencé à descendre. Un peu confuse, elle pivota alors pour faire face à sa nièce.

— KAYLA !

Cette dernière leva la tête vers sa tante.

— QUELLE LETTRE EST GRAVÉE SUR TA DALLE ?

— Un K, bien entendu ! lui répondit-elle sans regarder.

Mais en baissant les yeux, elle aperçut plutôt un T !

— MAIS QU'EST-CE QUE C'EST QUE CE DÉLIRE ! s'écria-t-elle. JE SUIS POURTANT TRÈS CERTAINE D'AVOIR SAUTÉ SUR LA DALLE PORTANT MON INITIALE, TOUT À L'HEURE !

Tarass et Trixx constatèrent la même chose.

— AH NON ! s'écrièrent-ils à l'unisson.

— NOUS AUSSI ! cria Tarass. Je vois ton K, Kayla, sur la mienne.

— Et moi, j'ai le M de Marabus, bien sûr, souffla Trixx, effaré.

La lave continuait toujours son ascension vers le sommet des colonnes.

— Eh bien, voilà le jeu ! comprit alors Kayla.

Tarass leva la tête vers son amie.

— À quoi faut-il jouer ? demanda-t-il, même s'il n'avait aucune envie de le savoir.

— Au jeu « à chacun sa place » ! lui répondit-elle, un peu exaspérée. Enfin, je crois…

Marabus, au contraire, en était certaine.

— Tu as trouvé, Kayla. C'est ce qu'il faut faire, c'est évident.

— En êtes-vous certaine, ô grande mage, s'assura Tarass, parce que si nous ratons notre coup, nous allons tous les quatre périr bouillis ou cuits.

— Je ne vois pas d'autres façons d'empêcher la lave de monter. ALLEZ ! Il faut se grouiller…

— TRIXX ! hurla alors Tarass. Est-ce que tu peux te transformer en oiseau et voler jusqu'à moi ?

— MAIS NON ! Tu le sais très bien, je viens à peine de retrouver ma forme normale. Il est beaucoup trop tôt !

Tarass s'adressa alors aux deux mages.

— Côté mandalas ! Peut-on tenter quelque chose ?

Kayla et Marabus prirent bien le temps de réfléchir avant de lui répondre.

— VITE ! RÉPONDEZ-MOI ! LA LAVE MONTE !

Elles sortirent enfin de leur demi-torpeur.

— EUH NOOOON ! lui répondit Marabus.

Kayla se contenta de hocher la tête de manière négative.

— Et puis, lui fit remarquer Marabus, même si nous étions capables de sauter ou de voler jusqu'à l'autre colonne, il n'y a pas assez de place pour deux personnes. Ça ne sert à rien.

Tarass regarda alors son bouclier, l'arme qui, depuis le début de ce périple, l'avait si souvent protégé, et même sauvé…

Il leva les yeux et sourit.

— JE SAIS !

Khan le répugnant

Ryanna prit la coupe de vin que lui remit un ograkk et la porta sous son nez. Elle remarqua soudain le geste discret de l'ograkk qui bougeait la tête très légèrement de gauche à droite tout en regardant bien droit devant lui.

Ryanna portait une robe rouge que lui avaient apportée les vampelles qui s'étaient occupées d'elle plus tôt. La robe était magnifique, propre et sans aucune déchirure.

Affalé sur son fauteuil, à l'autre extrémité d'une table garnie de toutes sortes des mets succulents et de denrées rares, Khan regardait Ryanna.

Il était bien coiffé et il ne sentait plus la couenne de porc comme cet après-midi.

— Je suis vraiment désolé, mais je ne crois pas que tu puisses trouver sur cette table de la chair de rat, s'excusa Khan.

Il était sarcastique et voulait démontrer à la jeune fille tous les avantages dont elle pourrait bénéficier si elle acceptait de devenir sa reine. Telles étaient les viles intentions de Khan, que Ryanna ignorait pour le moment…

— Pas facile, la vie de cachot ! lui dit-il pour raviver en elle les pénibles souvenirs de cette bien triste condition.

Ryanna ne réagit pas à la provocation de Khan. Elle se contenta de regarder le reflet du majestueux chandelier sur la surface du vin dans sa coupe. Une douce lumière, une lueur réconfortante contrastant avec l'obscurité froide des cachots peu éclairés du donjon, où elle avait croupi pendant toutes ces années en captivité. Juste pour profiter de cette lumière, elle ferait n'importe quoi. Et toutes ces délicieuses victuailles placées devant elle… Comment résister à une telle tentation ?

Elle approcha la coupe de vin de sa bouche, mais stoppa la course de sa main lorsqu'elle aperçut des fraises fraîches dans un grand bol.

Khan poussa un long soupir. Il saisit ensuite un gros jarret de sanglier et s'attaqua à la pièce de viande tel un ogre affamé.

— GRAAA OWW !

Le bruit guttural de sa mastication résonna dans la belle et grande salle à manger décorée de splendides tapisseries et de rideaux de velours.

— Qu'est-ce qui te ferait le plus plaisir au monde, Ryanna ? lui demanda Khan, la bouche pleine.

Ryanna leva la tête vers la voûte pour réfléchir, et aussi pour éviter de voir toute cette nourriture à demi mâchée dans sa bouche.

— Je veux être heureuse ! lui répondit-elle d'un seul trait. Voilà ce que je veux, voilà ce qui me plairait le plus au monde, être heureuse…

Elle porta la coupe de vin à ses lèvres et but enfin.

Caché derrière sa pièce de viande, Khan sourit. La coupe de Ryanna contenait du vin, mais aussi une forte dose de substance dormitive.

— Je ne crois pas que tu sois capable de m'offrir ce que je demande, Khan. Tu n'es pas assez riche ni assez puissant.

Ryanna arborait un air des plus insolents.

Khan ruminait les mots de sa jeune captive.

— GRAAWW ! Non, tu as raison ! finit-il par lui répondre. Je ne crois pas que dans l'un de mes innombrables coffres, je puisse trouver matière à satisfaire ta requête.

Après qu'il eut lancé le gros os par terre afin de prendre sa chope de bière, il remarqua que les paupières de Ryanna se fermaient lentement et que sa tête se balançait vers l'arrière et vers l'avant. Elle s'endormait...

Khan déposa le grand verre sans y boire et se leva. Il donna ensuite l'ordre à l'ograkk de le laisser seul avec son invitée...

— Ce sera tout, Gustar...

Qui perd gagne...

Sur les colonnes, il faisait de plus en plus chaud. La lave bouillonnante n'était plus qu'à quelques mètres d'eux. Tarass avait réussi à planter son bouclier sur le côté de sa colonne. Ainsi, il avait augmenté la surface sur laquelle il pouvait se tenir.

— BONNE IDÉE, TARASS ! le félicita Marabus. L'énigme de ce problème résidait dans la place que nous avions pour manœuvrer. Maintenant, tu viens de trouver la solution, FORMIDABLE !

— Oui, mais… mais c'est quoi la suite ? voulut savoir Kayla.

Elle envisageait bien que la suite allait être beaucoup plus complexe et, surtout, beaucoup plus dangereuse.

— C'est assez simple, leur dit Tarass un peu naïvement.

Le jeune guerrier avait confiance en sa stratégie, contrairement à ses deux amies, qui étaient plutôt sceptiques.

— Toi, Kayla, tu t'élances et tu sautes sur mon bouclier pour venir me rejoindre.

À ces mots, Kayla regarda, terrorisée, la lave qui montait toujours.

— Ensuite, je saute à mon tour sur ta colonne et je prends ta place, poursuivit Tarass. Nous serons alors bien positionnés. Puis, Kayla, tu arraches le bouclier et tu me le lances. Je recommence la même chose avec Trixx, et finalement, je répète une dernière fois avec Marabus. De cette façon, nous nous retrouverons tous les quatre sur nos propres dalles.

— Et qu'est-ce qui va se produire après que nous aurons gagné ? interrogea Trixx.

Tarass se tourna vers Marabus.

— Je n'en ai aucune idée, ce n'est pas moi qui ai inventé ce jeu débile.

Kayla observait, apeurée, la lave qui n'était maintenant qu'à deux mètres d'eux.

— À TOI DE JOUER, KAYLA ! lui cria Tarass. VITE ! LE TEMPS PRESSE !

TU VERRAS, C'EST FACILE !

Elle prit une grande inspiration et s'élança…

Une taloche dormitive ?

Khan alla verrouiller la porte derrière l'ograkk qui venait, sous son ordre impératif, de quitter la salle à manger.

Sur un fauteuil, Ryanna s'était affaissée, complètement endormie. Ou plutôt droguée par cet ignoble Khonte Khan.

Il retourna à la table, ramassa sa chope de bière et en avala tout le contenu d'un seul coup. La mousse blanche coula sur ses joues. Lorsqu'il eut fini, il s'essuya la bouche avec le revers de sa manche et déposa bruyamment la grosse chope vide.

Il s'approcha ensuite de sa jeune victime et baissa les yeux vers elle avant de se pencher pour humer son odeur. Ryanna ouvrit les yeux et lui balança violemment sa main toute grande ouverte sous son menton. La mâchoire inférieure de Khan claqua brutalement sur sa mâchoire supérieure et ses yeux roulèrent dans leur orbite. Il s'effondra lourdement sur le plancher, complètement assommé.

D'un seul coup, le prince des ténèbres, le sorcier maléfique, le guerrier redoutable ET LE FUTUR MAÎTRE SUPRÊME DE L'ATOLL DE ZOOMBIRA venait de subir une très humiliante raclée… administrée par qui ? Une simple et toute innocente jeune femme de Lagomias !

Ryanna se leva lentement du fauteuil. Dans ses beaux yeux bleus brillait une lumière teintée de ruse et de victoire. Elle prit sa coupe de vin sur la table et la déversa sur l'horrible tête de son hôte.

— Ça t'apprendra, espèce d'imbécile, à prendre les filles pour des idiotes ! l'invectiva-t-elle. JE N'AVAIS RIEN BU, CRÉTIN !

Elle se dirigea rapidement vers la lourde porte cloutée. Elle y colla son oreille pour écouter. De l'autre côté, un silence total régnait. C'était le moment ou jamais. Elle tourna la poignée et ouvrit la porte d'un mince filet, juste assez pour y glisser un œil.

Les flambeaux qui crépitaient et qui éclairaient le long corridor firent tout à coup danser une ombre qui grossissait. Quelqu'un approchait. Ryanna referma lentement la porte et s'y adossa. Les pas s'arrêtèrent malheureusement juste derrière elle.

TOOC ! TOOOC !

Elle sursauta, mais demeura à sa place, complètement immobile. Dans la salle à manger, comme dans toutes les pièces du château, les fenêtres étaient traversées par de gros et solides barreaux de fer. Il était donc impossible de s'enfuir par ces ouvertures.

TOOOC ! TOOC ! TOOOC !

— MAÎTRE ! MAÎTRE ! cria une voix caverneuse.

C'était l'un des ograkks de Khan.

— MAÎTRE ! MAÎTRE ! répéta-t-il.

Ryanna savait que cette créature allait enfoncer la porte si elle n'entendait pas très bientôt la voix de Khan. N'ayant pas le choix, Ryanna tenta le tout pour le tout. Elle grommela n'importe quoi pour imiter les grognements rauques et hargneux de son maître.

— GRAAWW !

— MAÎTRE ! NOUS AVONS REÇU DES NOUVELLES DE VOTRE SŒUR, SHIVA ! dit l'ograkk de l'autre côté de la porte.

Ça marchait ! Elle était parvenue à duper l'ograkk, qui croyait réellement parler à son maître.

— GRAAA OWW ! émit une autre fois Ryanna pour qu'il poursuive.

— CETTE CHIURE DE MOUCHE A ÉTÉ PRISE AU PIÈGE AVEC SES TROIS ACOLYTES DANS L'UN DES JEUX MORTELS DE VOTRE SŒUR, lui rapporta l'ograkk.

Ryanna se demanda de qui il parlait, et qui était cette chiure de mouche.

— LEUR PÉRIPLE TIRE À SA FIN, continua l'ograkk, ET VOTRE SŒUR LEUR PROMET UNE MORT ABSOLUMENT ATROCE ET TRÈS TRÈS PROCHAINE ! BIENTÔT, LA TÊTE

DE TARASS KRIKOM VIENDRA
S'AJOUTER À VOS TABLEAUX DE
CHASSE, MAÎTRE !

Le visage de Ryanna devint soudainement tout blême. Elle grommela une dernière fois à l'ograkk pour qu'il reparte.

— GRAAA OWW !

Appuyée sur la porte, la mine basse, elle regarda le gros corps effondré et toujours inerte de Khan. Il serait si facile d'en finir avec cette guerre insensée… Un seul coup de couteau au bon endroit et voilà, ce serait terminé. Combien de vies seraient sauvées de cette façon ? Des milliers… DES CENTAINES DE MILLIERS ! Elle avait maintenant la chance de le faire, mais en était-elle capable ?

Elle s'approcha de la table et ramassa un long couteau effilé. Son cœur battait très fort. Elle avança lentement vers Khan, jusqu'à ce qu'elle soit à la hauteur de son cou. Elle savait qu'elle avait tout le temps qu'il lui fallait, car le coup qu'elle lui avait porté avait frappé Khan comme la foudre.

Sûre d'elle, elle poussa légèrement sur l'épaule de Khan avec le manche du couteau. Il ne réagit pas. Elle l'avait complètement à sa merci...

Le grand sot

Tarass parvint à attraper Kayla juste avant qu'elle ne tombe. Suspendue au-dessus de la lave bouillonnante, elle tourna la tête et aperçut les grosses bulles incandescentes qui éclataient juste sous elle. Ses mains dans celles de son ami, elle attendait avec impatience qu'il la tire vers lui, ce qu'il fit rapidement.

Collés l'un contre l'autre, momentanément hors de danger, ils poussèrent un soupir de soulagement.

— Allô ! lui souffla Tarass, le visage à trois centimètres du sien.

Kayla n'était pas d'humeur à rigoler.

— TU AVAIS DIT QUE CE SERAIT FACILE ! J'AI FAILLI CHUTER DANS LE MAGMA.

— Faillir n'est pas tomber, très chère ! lui répondit-il.

Il la fit tourner ensuite autour de lui gracieusement pour l'écarter de son chemin.

Trixx s'impatienta.

— HÉ ! HO ! Vous avez fini de danser, vous deux ? Ça commence drôlement à chauffer ici.

Tarass s'excusa auprès de Kayla et se lança sur la colonne où elle se tenait plus tôt. Il se retourna et lui demanda de lui lancer son bouclier magique.

— Avec d'infinies précautions, Kayla ! Je ne veux pas perdre mon joujou...

Non sans difficultés, elle parvint à l'extirper de la colonne et le lui envoya aussitôt, sans mesurer son geste. Le bouclier de Magalu allait passer à plus d'un mètre à la gauche de Tarass.

Dans un geste ultime de désespoir, il tendit le bras et se pencha le plus loin qu'il le put. Ses quatre doigts s'accrochèrent avec une grande chance dans la sangle. Il avait réussi à l'attraper, mais il était en déséquilibre total.

Marabus et Trixx retinrent leur souffle pendant que Kayla, se sentant coupable, cachait ses yeux avec ses deux mains.

Les bras de Tarass tournèrent longtemps dans le vide avant qu'il ne retrouve totalement l'équilibre.

N'entendant pas venir un splouch fatal, Kayla enleva ses mains. Tarass, le regard choqué, la regardait en tapant du pied. Il se pencha pour planter son bouclier sur le côté de la colonne.

Ensuite, il donna le signal à son ami Trixx de sauter. Celui-ci prit son élan et se précipita vers l'autre colonne où l'attendait Tarass.

— BRAVO ! lui dit ce dernier. Bienvenue sur ta dalle…

La lave n'était plus qu'à quelques centimètres et la chaleur de la roche en fusion se faisait terriblement sentir, si bien que leurs jambes commençaient vraiment à chauffer.

Tarass répéta la même manœuvre avec la mage Marabus. Lorsqu'il posa les deux pieds sur la dalle portant la première lettre de son nom, la lave, qui était à égalité avec les dalles, se refroidit d'un seul coup et devint toute grise. Aussi incroyable que cela pût paraître, ils venaient tous les quatre de gagner. Mais contre qui ? Ils ne le savaient pas.

Tout autour d'eux, la fumée s'échappait des petites et des grandes fissures qui lézardaient maintenant le paysage.

Tarass posa doucement le bout de son pied pour voir si le sol était encore chaud. Il ne sentit aucune chaleur. Il approcha sa main et, ne captant aucun changement de température, il la posa sur le sol, maintenant devenu complètement noir.

Voyant qu'il pouvait marcher sur la lave refroidie, Kayla, Trixx et Marabus quittèrent leur dalle.

Trixx eut soudain un comportement plutôt étrange. Il se mit à se promener nerveusement un peu partout et semblait à la recherche de quelque chose.

— As-tu perdu quelque chose, Bleu ? lui demanda Tarass en regardant autour de lui, tout comme son ami.

— Non !

Il continuait pourtant de chercher.

— MAIS QU'EST-CE QUE TU CHERCHES, ALORS ? insista Tarass, agacé par son étrange manège.

— AH, RIEN ! Je croyais que le fait d'avoir gagné nous donnait droit à un... prix !

Kayla, la mine abattue, le dévisagea.

— ES-TU SÉRIEUX ?

Elle n'en revenait tout simplement pas.

— Nous repartons avec notre vie, et sans une seule égratignure, lui lança-t-elle. Moi, ça me suffit comme prix, ça.

À l'horizon, Marabus aperçut encore une tache noire qui grossissait à vue d'œil.

— AH NON ! s'écria-t-elle pour prévenir les autres. Voilà notre récompense : un autre ptéranodon.

Elle pointa au loin avec son index dans la direction du soleil. Tarass porta sa main au-dessus de ses yeux pour mieux voir.

La masse noire se dirigeait effectivement dans leur direction. Tarass plaça son bouclier devant lui, Trixx dégaina son épée et les deux mages sortirent de leur sac des mandalas dessinés sur des grosses feuilles séchées, feuilles qu'elles avaient arrachées des branches d'un arbre géant.

La situation était bien différente, cette fois-ci. Ils étaient tous les quatre armés, les deux pieds sur la terre ferme. Oui ! Ils étaient prêts à n'importe quelle confrontation...

Ils distinguèrent rapidement les longues ailes raides qui battaient lentement de chaque côté du corps du ptéranodon. Trixx aperçut, entre les pattes du gros lézard, un objet brillant.

Le mauvais souvenir de la visite de ces monstres à Moritia lui revenait en tête. Il revoyait les images horribles de ces bêtes qui déchargeaient leur cargaison de boules de feu partout dans les rues et sur les maisons de sa ville.

Tarass tenait son bouclier, prêt à frapper le grand lézard qui s'approchait toujours. Le ptéranodon, cependant, ne perdit point d'altitude et continua de voler très haut dans le ciel.

Juste comme il les survolait, il laissa tomber l'objet qu'il transportait.

— JE LE SAVAIS ! s'écria Trixx, PLANQUEZ-VOUS ! IL NOUS ATTAQUE !

L'objet brillant fonçait vers eux à la vitesse de la foudre. Tarass fit un plongeon et entraîna Kayla et Trixx avec lui. À l'abri sous le bouclier de Magalu, ils attendirent, immobiles.

Marabus, quant à elle, se tenait bien droite, directement sous l'objet, ses deux mains dressées vers le ciel.

— MAIS QUE FAIT TA TANTE ? hurla Tarass à Kayla.

Il avait peur pour la grande mage.

L'objet qui tombait en tournoyant ralentit rapidement et s'arrêta juste au-dessus des mains de Marabus. Elle se leva sur la pointe des pieds et le saisit.

Tarass, Kayla et Trixx se relevèrent et s'approchèrent d'elle. Dans ses mains, elle tenait un objet doré de la dimension et de la forme d'une grosse part de tarte. Gravés sur l'objet, on pouvait apercevoir des signes et des lettres étranges, qui ressemblaient vaguement à des petits coups de griffes. Lorsque Marabus en reconnut quelques-uns, ses yeux s'agrandirent de stupeur. Elle venait de comprendre ce qu'était cet objet, ainsi que sa valeur.

Tarass se tourna vers l'horizon. Le ptéranodon s'éloignait.

— Je crois que tu avais raison, Trixx ! lui concéda Marabus. Il y avait bel et bien un prix à gagner.

— Qu'est-ce que c'est ? Est-ce en or massif ? s'enquit ce dernier.

Marabus lui répondit oui en bougeant la tête légèrement de haut en bas.

— C'est quoi ? demanda Tarass. Un vulgaire bijou ?

— Non ! C'est un objet très important ! C'est le premier morceau d'une clé, en fait.

— Quelle clé ? demanda vivement Tarass.

— La clé de la grande porte vivante de la contrée de Drakmor !

La peste blonde

Dans la salle à manger de son château, Khan revenait lentement à lui. Il sentait une douleur très vive dans toute la partie inférieure de sa tête, et sa mâchoire lui faisait horriblement mal. Du vin s'écoulait de ses cheveux.

Il posa mollement une main tremblante sur le sol et poussa pour se lever. Il sentit soudain des morceaux de nourriture sur le bord de ses lèvres. Il cracha, et trois dents ensanglantées tombèrent sur le plancher. Son visage devint écarlate et il entra dans une colère effroyable…

— GRAAAAAOOOO ! OÙ EST ZETTE DÉMONE DES ENTRAILLES DE LA TERRE ?

Il posa son long bras sur la table et déversa par terre toute la nourriture et la vaisselle. Du corridor, Gustar son ograkk valet accourut et poussa sur la porte entrouverte…

— MAÎTRE ! MAÎTRE ! EST-CE QUE TOUT VA BIEN ?

Khan, la tête entre les deux mains, se retourna vers Gustar. Une longue coulée de sang se répandait de sa bouche à son torse. L'ograkk feignit d'en être étonné, mais au fond de lui-même, il riait…

— ZE VEUX QUE TOUTES MES ARMÉES…

Voyant maintenant qu'il zozotait à cause de ses dents tombées, il ramassa un fauteuil et le lança de toutes ses forces sur un gros buffet.

BRAAAAM !

Le siège se fracassa contre le meuble, forçant l'une de ses portes à s'ouvrir de quelques centimètres. L'ograkk remarqua un petit bout de tissu rouge qui dépassait…

— ZE VEUX QU'ILS REVIEN-NENT TOUS ZUR-LE-CHAMP AU CHÂTEAU !

Gustar voulut s'assurer du but de cet ordre.

— Maître ! Vous voulez vraiment démobiliser le plus gros de vos troupes et dégarnir toutes nos positions sur l'atoll, seulement pour une évadée ?

— TU ES ZOURD, MA FOI ! GRAAAAAAA ! OOOUII ! ZE VEUX METTRE TOUTES MES ARMÉES À LA RECHERCHE DE ZETTE PESTE BLONDE !

L'ograkk trouva la réaction de son maître extrêmement excessive.

— Mais cher maître, tenta de le calmer Gustar.

Il se dirigea vers le buffet.

— Elle ne doit pas être très loin, cette peste blonde, comme vous l'appelez.

Par l'ouverture, il regarda directement Ryanna dans les yeux, et poussa discrètement à l'intérieur la partie de sa robe qui dépassait avant de refermer la porte.

Cachée dans la noirceur du gros meuble, Ryanna ne comprenait pas le geste de l'ograkk. Oui ! Pourquoi l'aidait-il ?

— Nous allons la trouver, maître !
continua Gustar. Elle ne peut pas avoir
quitté le château, toutes les portes sont
bien gardées et les fenêtres sont solidement barricadées.

Khan s'approcha de son valet et l'empoigna par le collet. Il colla ensuite son
nez sur le sien et le regarda d'une façon
menaçante. Les gouttes de sang qui cou-
laient de sa bouche tombaient sur la
chemise propre de l'ograkk.

— AIMERAIS-TU REZZEMBLER
À ZES IGNOBLES HUMAINS ET
N'AVOIR QUE DEUX BRAS ? lui gro-
gna Khan au visage.

Il était enragé.

— ZI TU NE LA TROUVES PAS,
DANS LE ZABLIER QUI ZUIT, ZE
VAIS T'EN ARRACHER DEUX !

Il poussa ensuite brutalement son
valet qui bascula et chuta lourdement sur
le plancher…

— VA ! ET RAMÈNE-LA-MOI !

Shiva Khan

Les yeux de Marabus brillaient et renvoyaient les reflets dorés de l'objet tombé des pattes du ptéranodon. Elle ne pouvait cacher sa stupéfaction. Tarass, Kayla et Trixx soupesaient tour à tour et examinaient, eux aussi, le fragment en or.

— Je ne peux croire que cette clé existe, répéta-t-elle, encore sous le choc. J'ai entendu et lu tant de fois cette légende de la clé de Drakmor. L'existence de cette clé prouve aussi l'existence de la porte vivante.

Elle leva la tête vers sa nièce et ses deux amis.

— Saisissez-vous l'importance de l'objet que je tiens dans mes mains ? Ça signifie que si nous parvenons à rassembler les deux pièces qui manquent, nous pourrons entrer à Drakmor. La porte vivante s'ouvrira, Kayla, le réalises-tu ?

Sa nièce hocha la tête.

Trixx, lui, arbora une mine un peu découragée.

— AH NON ! Moi, je sais vraiment ce que cela signifie, grommela-t-il. DEUX AUTRES PIÈCES, DEUX AUTRES JEUX, OU PIÈGES PLUTÔT ! ÇA, LE RÉALISEZ-VOUS AUSSI ?

— Et pourquoi est-il si important de posséder cette clé ? demanda Kayla à sa tante. Depuis le début, nous nous sommes très bien débrouillés sans jamais avoir à utiliser la moindre clé…

— Et puis pourquoi perdre notre temps et risquer notre vie à trouver les deux autres pièces ? ajouta Tarass. Conjuguons plutôt nos efforts pour ouvrir cette fameuse porte vivante avec les moyens que nous avons et qui nous ont si bien servis depuis toujours : mon bouclier de Magalu, votre magie, vos mandalas.

— OUAIS ! renchérit Trixx.

Mais le nom étrange de la porte dont parlait Marabus excitait sa curiosité.

— Mais c'est quoi, au juste, cette porte vivante ? Tu essaies de l'ouvrir sans la clé et elle te bouffe, ou quoi ?

Tarass se tourna vers Marabus, curieux lui aussi d'entendre la réponse de la grande mage.

Marabus fouilla dans ses souvenirs et se rappela que l'histoire de la porte était étroitement liée à celle de la sœur de Khan… SHIVA !

Elle leur raconta donc l'histoire étonnante de cette porte, chimérique et impénétrable.

Marabus avait appris, de bouche de mage à oreille de mage, que c'était lorsque la guerre avait débuté qu'avait été érigée cette porte macabre. Oui ! Après le son lugubre des heurts des grands lézards sur les murailles du labyrinthe, qui, lentement, avaient commencé à s'écrouler, survint la toute première traversée de la contrée d'Indie par les troupes d'ograkks et les grands lézards de Khan. À peine avaient-ils posé pieds et pattes sur le sol de cette contrée paisible qu'il y eut aussitôt des batailles sanglantes entre les ograkks de Drakmor et les habitants d'Indie.

Tous ceux qui s'étaient retrouvés sur la route des envahisseurs avaient été systématiquement massacrés et jetés en pâture aux lézards féroces.

Voyant quel sort réservait Khonte Khan à son peuple et aussi aux autres contrées de l'atoll de Zoombira, l'empereur Akbar mobilisa le peu de soldats qu'il possédait et aussi les derniers habitants pour les affronter et tenter de les arrêter. Mais il était déjà trop tard pour eux, et toutes les autres civilisations allaient subir le même destin !

Écrasé par la puissance de Khan et par le nombre considérable de ses redoutables guerriers, l'empereur Akbar tenta une dernière et ultime action. Près de la brèche créée lors de la destruction des murs du labyrinthe par les lézards, il rassembla tous les envoûteurs, enchanteurs, prophètes et ensorceleurs de toutes sortes. Voyant que tous les soldats d'Indie avaient été tués, ces magiciens recrutés par Akbar n'eurent d'autre choix que de mettre à contribution tous les animaux de la contrée, sauvages ou non. Par centaines, vaches, bœufs, cerfs, chiens, loups, tigres, éléphants et autres furent amenés sur les lieux.

La stratégie des magiciens était simple. Il fallait concocter une mixture qui transformerait tous les animaux en d'énormes bêtes menaçantes, qui, à leur place, riposteraient sauvagement en assiégeant le territoire même de Khonte Khan. Cette stratégie aurait fonctionné parfaitement, n'eût été le traître qui s'était glissé dans leur groupe... KHAN LUI-MÊME !

À l'insu des sorciers, il ajouta à la mixture quelques ingrédients aux effets néfastes. Lorsque les animaux s'abreuvèrent de ce cocktail saboté, la réaction fut catastrophique. Toutes les bêtes s'agglutinèrent ensemble pour n'en former qu'une seule : une énorme créature visqueuse et gommeuse. La masse verdâtre vivante, couverte de bouches multiples et de cornes mortelles, engloba tous les magiciens afin d'étancher son appétit neuf. Elle les dévora tous, l'un après l'autre...

Voyant qu'il venait de créer le parfait gardien de son domaine, Khan donna l'ordre de construire une gigantesque porte à l'emplacement de la brèche, sur laquelle serait attachée, clouée et enchaînée solidement la créature, protégeant ainsi l'entrée de Drakmor. D'où le nom de la porte vivante.

Il fabriqua ensuite deux clés, qu'il répartit en trois pièces chacune. De cette façon, il serait beaucoup plus difficile à quiconque de s'introduire à Drakmor. Il garda pour lui la première clé et réserva la deuxième pour sa sœur Shiva, à qui il venait de donner un nouveau territoire à administrer... et à utiliser comme terrain de jeu, la toute première contrée conquise : Indie !

— CET IGNOBLE KHAN A UNE SŒUR ? s'étonna Tarass.

Kayla et Trixx étaient eux aussi très surpris d'entendre ça.

— Oui ! lui répondit la grande mage. Peu de gens connaissent l'histoire... La dernière harpie ne pondit pas qu'un seul œuf, mais deux : l'un incarnant le mal et l'autre, le bien. Enfin, c'est ce que raconte la légende.

Marabus poursuivit...

Shiva, qui affectionnait particulièrement le jeu, aimait gager des fortunes. Une fois, elle alla trop loin et perdit aux mains de El-Baid, le démon du jeu, une partie d'avatar, jeu des plus dangereux qui consiste à introduire un petit serpent venimeux dans sa bouche en espérant qu'il ressorte par le nez.

El-Baid, être sordide et sans scrupules qui habitait un antre creusé à même une montagne recouverte d'or, remporta la partie. Shiva, ruinée, ne put payer sa dette, qui s'élevait maintenant à trois richesses. Exigeant un acquittement immédiat de ce qu'elle lui devait, le démon lui proposa un marché pour blanchir sa dette : l'échange temporaire de sa beauté contre la laideur de sa fille, une jeune femme horriblement affreuse au corps tout bleu possédant six bras et un tronc d'animal.

Shiva accepta le pacte provisoire, et ce, pour une période d'une année. Un sorcier à la solde du démon effectua l'échange des corps et la transforma en cette créature hybride terrifiante.

Lorsque Khan aperçut sa sœur sous cette forme répugnante, il entra dans une vive colère. Malgré les supplications de Shiva, Khan ne voulut rien entendre d'elle. Il fit égorger par ses ograkks les responsables du sort de sa sœur. Le sorcier, le démon El-Baid et sa fille tués, il était maintenant impossible pour Shiva de retrouver sa forme originale.

Toute cette histoire ne lui servit pas de leçon, puisqu'elle continua à se livrer à des amusements audacieux pour le simple plaisir de se divertir. Des jeux sérieux, des jeux mortels pour tous ceux et celles qui y participaient.

— Et nous avons la preuve que toute cette histoire est vraie, conclut Marabus. Cette pièce de la clé ne peut provenir que de Shiva, comme prix de consolation pour avoir gagné cette première manche...

Tarass, Kayla et Trixx comprirent maintenant que l'enjeu n'était rien de moins que... DRAKMOR !

Il leur fallait jouer...

Le deuxième piège

Marabus avait noué une corde fine autour de la pièce de la clé et l'avait suspendue à son cou, sous ses vêtements. Il fallait la garder hors de vue, car elle était importante et donnait au groupe l'espoir d'une intrusion facile sur le territoire de Khan.

Un long désert les conduisit à une grande et magnifique construction qui se dressait très haut dans le ciel et qui dominait le paysage. Elle ressemblait vaguement à une pyramide d'Égyptios, sauf qu'elle était beaucoup plus étroite et aussi plus décorée. D'innombrables petites sculptures colorées la recouvraient et elle était surmontée d'un pinacle en forme de parapluie.

Juste devant l'entrée, constituée par un portail en granit, une énorme statue accroupie les accueillit. Son visage affichait une grande sérénité. Les deux mains jointes, elle semblait prier.

— C'est bouddha ! leur apprit Marabus.

Trixx se tourna vers elle.

— Une statue qui n'est pas contente et qui boude ? dit Trixx qui, de toute évidence, ne comprenait pas de qui il s'agissait.

— BOUDDHA ! IDIOT ! lui répéta-t-elle.

— Bouddha Idiot ! Tu parles d'un nom.

Seul Trixx pouvait vraiment réussir à faire sortir de ses gonds la très patiente Kayla.

— NOOON ! LUI, C'EST BOUDDHA ET TOI, T'ES IDIOT !

Trixx finit par saisir.

— Ah oui ! ATTENTION ! Si tu me traites trop souvent d'idiot, c'est moi qui serai boudeur, bouddha ! Tu la saisis ? lui lança Trixx avec un clin d'œil.

Kayla s'éloigna en marmonnant.

— Il faut vraiment que je concocte un mandala pour le neutraliser, celui-là. Il m'exaspère…

— On dirait une sorte de temple, souligna Tarass. C'est tranquille ici, trop, peut-être.

Il fit glisser son bouclier de son dos à l'extrémité de son bras. La sangle solidement enroulée autour de sa main, il se tint sur ses gardes. Même si celle-ci semblait plutôt sereine, il avait les statues en horreur. En effet, depuis un certain temps, beaucoup d'entre elles prenaient soudain vie lorsqu'il était dans les parages avec ses amis.

Sans quitter le bouddha des yeux, il le contourna avec précaution pour se diriger vers l'entrée.

Trixx, qui suivait le groupe, marchait en se traînant les pieds. Ses deux bras qui pendaient devant lui se balançaient mollement de gauche à droite. La visite de ce sanctuaire ne lui disait rien de bon.

— Est-il vraiment nécessaire, se lamenta-t-il d'une voix de gamin, d'en-

trer systématiquement dans tous les édi-
fices que nous rencontrons ? Pourquoi
ne le contournons-nous pas à la place,
pour continuer notre route ? Il nous
arrive toujours des malheurs dans ces
endroits-là, vous n'apprenez donc
jamais ?

Kayla se tourna vers lui.

— Est-ce que ça va ? Tu te sens
bien ? Prends au moins le temps de respirer quand tu te plains comme ça, sinon
tu risques de t'étouffer, dit-elle d'un ton
sarcastique.

Tarass remarqua, sur une grande
dalle de marbre noir, deux traits qui lui
semblèrent fraîchement gravés. De toute
évidence, ce temple était plus que cente-
naire, mais ces deux curieuses lignes
venaient tout juste d'être faites.

Il les montra à Marabus en les pointant avec son menton, sans parler.

Marabus se pencha vers elles.

— HUMMM ! deux lignes, le chiffre
deux ?

Kayla s'approcha d'elle.

— Le chiffre deux…, répéta-t-elle.
Pourquoi le chiffre deux ? Ce serait le

deuxième temple érigé en l'honneur de cette divinité ou quoi ?

Elle se tourna vers la grande statue assise.

— Peut-être ! s'exclama Tarass aux aguets, debout devant la majestueuse entrée sans porte.

Trixx s'élança vers eux.

— MAIS VOUS ÊTES TOUS AVEUGLES ! leur cria-t il, poussé par l'impatience. DEUX LIGNES ! LE CHIFFRE DEUX ! LA DEUXIÈME ÉPREUVE, LE DEUXIÈME JEU, LE DEUXIÈME PIÈGE !

Tarass, Kayla et Marabus dévisagèrent Trixx.

— Il a raison ! réalisa trop tard Kayla.

Le grondement de deux très grosses pierres qui se frottent l'une contre l'autre se fit entendre. La grande statue venait de tourner la tête vers eux. Elle avait perdu son air serein et les regardait maintenant très méchamment.

— JE VOUS L'AVAIS DIT ! hurla Trixx.

* * *

Pendant ce temps, à Drakmor, c'était le branle-bas de combat dans le château. Les pas lourds des ograkks résonnaient de toute part.

— VOUS AVEZ FOUILLÉ LA CUISINE ? hurla le chef de la garde dans le long corridor central.

— Oui ! grognèrent deux ograkks. Il nous reste la salle de bal et la bibliothèque.

— Ensuite, vous ratisserez les cellules du donjon, leur ordonna leur chef. Cette Lagomienne semble très rusée. Si elle est parvenue à berner notre maître, il faut s'attendre à tout de sa part.

Les deux ograkks se dirigèrent ensuite, au pas de course, vers la salle de bal.

Krodor, le chef de la garde, était le plus ancien ograkk de Khan. Il fut le tout premier à être transformé par sa sorcellerie noire. Le plus dévoué des ograkks ne se souvenait pas qu'auparavant, il était lui-même un Lagomien. Pêcheur perdu en mer, il avait été abordé par le navire de Khan, qui, à cette époque, pour amasser de l'or afin d'acheter des armes pour sa toute nouvelle armée, pillait sans vergogne les rares navires marchands qui connaissaient le périlleux passage du nord, entre les récifs menaçants et les murs du labyrinthe érigés dans la mer.

Dans la salle à manger, deux vampelles tentaient de soigner leur maître qui pestait et gesticulait sa grande frustration et son mécontentement.

— AAAAARHHH ! LÂCHEZ-MOI, ESPÈCES DE VERS DE TERRE POILUS !

Il extirpa de sa bouche d'un geste sec le tissu blanc ensanglanté et le lança au visage de l'une des vampelles.

— YAAAAARRRGGGH ! OÙ EST-ELLE ? hurla-t-il si fort que la vaisselle sur la table trembla.

Gustar se jeta sur une grande assiette pour éviter qu'elle ne tombe sur le plancher.

Khan le poussa et ramassa le grand plat. Il l'envoya de toutes ses forces sur les deux portes du buffet dans lequel Ryanna s'était cachée.

CRRRAAC ! CLINNGG !

Les deux portes s'ouvrirent.

Ryanna se poussa plus profondément dans l'obscurité du meuble pour ne pas se faire voir.

Ne voulant pas éveiller les soupçons de son maître, Gustar se dirigea d'une façon nonchalante vers le buffet pour le refermer. La porte de la salle à manger s'ouvrit et Krodor entra.

— MAÎTRE ! s'écria-t-il en regardant Gustar d'une façon odieuse.

Gustar plongea son regard méprisant dans le sien. Ces deux-là se détestaient. D'un côté, Krodor ne voulait pas perdre sa position privilégiée auprès de Khan, et il craignait que la proximité dont Gustar bénéficiait à cause de son titre de valet du maître ne mette en danger son statut.

Pour sa part, Gustar ne se souciait aucunement des sentiments du maître à son égard. Tout ce qu'il voulait, c'était travailler au château pour éviter de combattre les humains. Il trouvait cette guerre stupide et complètement inutile. Il était un ograkk pacifique, le seul…

En fait, les deux ograkks se haïssaient depuis ce jour où Gustar, à la blague, traita Krodor de chouchou. Krodor lui avait sauté à la gorge et Khan avait dû intervenir pour les séparer.

— MAÎTRE ! répéta Krodor.

Khan fit un pas vers lui et pointa son gros index dans sa direction.

— NE ME DÉÇOIS PAS, KRODO !

Tel un enfant que l'on vient de prendre en défaut, Krodor devint tout piteux et pencha la tête sur son torse. Khan comprit que la jeune fugitive n'avait pas encore été retrouvée. Il agrippa un couteau qui était bizarrement planté dans le bois de la table et se laissa tomber sur le fauteuil. Khan ne se doutait pas qu'il tenait dans sa main le couteau avec lequel sa jeune captive aurait pu, d'un simple geste, changer le cours de l'histoire.

Il leva la tête vers Krodor qui ne le regardait toujours pas.

— Avez-vous fouillé l'entrée de l'oubliette ? lui demanda-t-il.

Krodor hocha la tête de haut en bas.

— L'entrée des douves ? La salle des armures ? LES CHAMBRES ?

Krodor hocha la tête de façon affirmative après chaque question.

— Nous avons fouillé le château de fond en comble, elle n'est nulle part, lui dit à contrecœur Krodor.

Pour la première fois, il venait de faillir lamentablement à la tâche confiée par son maître.

Khan se leva d'un bond et lança le couteau d'un geste sec en direction de son préféré.

CLHAC !

La lame se planta dans la porte, à deux centimètres de l'oreille de Krodor.

Krodor poussa un long soupir de soulagement et dit à Khan :

— Merci, maître ! Merci d'épargner ma misérable vie !

— MAIS QU'EST-CE QUE TU PENSES, ESPÈCE D'IMBÉCILE, J'AI RATÉ MON COUP !

Krodor ravala bruyamment sa salive.

— Tu dis que vous avez méticuleusement fouillé chaque pièce et chaque salle du château ? lui demanda Khan sur le ton de celui qui, vraisemblablement, gardait toujours espoir.

— Elle s'est envolée, maître, déclara Krodor sans réfléchir. Il n'y a pas d'autres explications, car la sortie du château est trop bien gardée. Elle était peut-être une puissante mage ? Elle semble s'être volatilisée.

Gustar sourit, car Krodor disait n'importe quoi. Khan, lui, n'écoutait pas son hypothèse farfelue.

Il se tourna soudain vers le buffet.

— Avez-vous fouillé… cette salle-ci ?

Ce fut au tour de Gustar d'avaler, de manière très audible, sa salive…

Épreuve redoutable

Tarass sentit soudain ses deux pieds s'enfoncer de quelques centimètres. Il tenta de soulever une jambe, mais elle était comme figée dans une substance très collante, semblable à de la mélasse.

Derrière lui, la statue se dressait lentement sur ses jambes. Kayla, Marabus et Trixx reculèrent. Tarass voulut les empêcher de sombrer dans le liquide gluant, mais il était trop tard, ils s'y engloutirent tous les trois à côté de lui.

Tarass leva péniblement une jambe pour la poser devant lui. Elle s'enfonça de nouveau dans la substance. Toute la dalle noire était maintenant collante et molle.

Les quatre compagnons progressaient à pas de tortue en direction de l'entrée. Pas très loin derrière eux, la statue, plus rapide, gagnait du terrain. Sachant que la statue parviendrait à les rattraper avant qu'ils atteignent l'intérieur de la construction, Kayla tenta sa chance en utilisant son fameux mandala de décélération.

Ralentie par l'envoûtement de la jeune mage, la statue belliqueuse progressait maintenant à la même vitesse qu'eux.

Tarass, qui avait fait seulement trois pas, était complètement à bout de souffle. Un mètre devant lui, la dalle se terminait et donnait sur un escalier qui se dirigeait vers les étages supérieurs.

Arrivé avant les autres, il se laissa choir sur la première marche pour reprendre son souffle. Derrière lui, Kayla avançait aussi péniblement, un pas lourd à la fois.

Elle serrait très fort entre ses deux bras son sac de mandalas. Si par malheur elle l'échappait, elle savait qu'elle ne réussirait jamais à l'extirper de la dalle ensorcelée. Kayla finit par arriver à l'escalier elle aussi.

Trixx fut moins chanceux. Progressant avec lenteur dans la substance gluante, il sentit soudain deux mains gigantesques se refermer sur son corps. La statue avait réussi à l'attraper. Il se débattit comme un poisson hors de l'eau, mais la statue le souleva et l'emporta en direction de sa bouche ouverte.

— BLEUUUU ! hurla Tarass.

Kayla se retourna vivement.

Lorsqu'elle aperçut son ami sur le point de se faire croquer vivant, elle voulut retourner sur ses pas. Tarass tendit alors le bras vers elle et la saisit pour l'en empêcher. Son mandala de décélération semblait perdre de sa force. Tarass la tira jusqu'à lui sur la marche.

Rapide, Marabus était parvenue à rebrousser chemin. Sur la terre ferme, elle contourna la statue et colla un mandala sur l'une de ses chevilles. Lorsqu'elle eut terminé de prononcer l'incantation magique, une fissure s'ouvrit sur la jambe de la statue et du sable rouge commença à s'écouler. La statue se vidait…

Blessée, elle ouvrit les deux mains et laissa tomber le pauvre Trixx en plein dans sa bouche.

— NOOON ! hurla Marabus.

Elle avait agi trop tard.

Le sable fin continuait de s'écouler et formait des dunes rouges autour de la statue qui, soudain, tituba et tomba lourdement sur ses deux genoux.

BRAAAAM !

Le temple en fut secoué.

Dans la bouche géante, Trixx était parvenu inopinément à s'agripper d'une main à une grosse dent. Suspendu dans le gouffre buccal en pierre, il réussit avec l'autre à tirer son épée bleue de son fourreau et frappa la statue de plusieurs coups.

La grosse tête de la statue vacilla de gauche à droite, puis tomba inerte vers l'avant, projetant Trixx à quelques mètres devant elle. La tête et les pieds de la statue étaient neutralisés, mais ses bras se mouvaient toujours.

Marabus accourut vers Trixx qui, étourdi par son plongeon, avait peine à se relever. À demi conscient, il se dirigea péniblement vers l'entrée, oubliant son épée plantée dans le sol. La grande mage arracha l'arme juste avant que la statue la saisisse.

En soutenant Trixx, elle se rendit avec lui jusqu'à la dalle noire.

— ALLEZ-Y, SAUTEZ ! leur cria Tarass. IL N'Y A QUE QUELQUES MÈTRES À FRANCHIR, MAIS C'EST TRÈS LONG ET TRÈS FASTIDIEUX.

Les deux bras de la statue s'étendaient et arrivaient vers eux toutes mains ouvertes. Marabus empoigna Trixx sous le bras et sauta avec lui à pieds joints sur la dalle. Croyant s'enfoncer dans le liquide gluant et collant, elle constata avec surprise que la dalle était redevenue solide, comme la pierre qu'elle était.

Tarass et Kayla étaient tous les deux sidérés. Ils se penchèrent pour la toucher. À leur grande stupéfaction, elle était solide et froide…

Tarass releva la tête et fit signe à Marabus de se hâter avant que la dalle redevienne gluante.

Lorsque Marabus et Trixx atteignirent l'escalier, un lourd mur de pierre s'abattit immédiatement pour bloquer l'entrée, et par le fait même la sortie.

Ils étaient maintenant emprisonnés. N'ayant aucun autre choix que de trouver une seconde sortie, ils se lancèrent à l'exploration du temple.

Tarass, Kayla et Marabus aidèrent Trixx à monter jusqu'à l'étage supérieur, où ils se butèrent à une pièce remplie d'eau. De l'autre côté se trouvait une arche, suivie d'un autre escalier.

Derrière eux, une deuxième pierre tomba bruyamment du plafond pour bloquer l'accès à l'escalier qu'ils venaient d'emprunter. Ils devaient aller de l'avant.

Tarass évalua la distance à parcourir pour atteindre l'autre escalier.

— FACILE ! Il va falloir nager, c'est tout… ALLONS-Y !

Kayla le retint par le plastron de son armure.

— QUOI ! s'écria-t il.

— C'est trop facile, justement ! lui répondit-elle. Je n'aime pas ça. Du tout…

Elle se pencha pour examiner l'eau de plus près.

— C'est peut-être du vitriol, de l'acide sulfurique concentré…, dit-elle, méfiante. Tu plonges et, en quelques grains de sablier, ta chair disparaît complètement pour ne laisser que tes os. Sans compter que c'est très douloureux.

— Merci de le préciser, répliqua Trixx qui lentement revenait à lui. Non mais vraiment, que notre chair disparaisse de notre corps, oui, d'accord, ça va. Mais que cela fasse mal, ça, je ne peux pas le supporter.

— C'est un autre piège ! J'en suis certaine, déclara Kayla.

— Ce n'est pas un immense bain de vitriol, lui dit Marabus. Regarde, il y a trois nénuphars géants qui flottent. Ils n'auraient jamais pu flotter sur du vitriol, ils auraient été dissous. Ce n'est que de l'eau !

Kayla restait sceptique. Elle sortit un bout de pain de son sac et l'envoya dans l'eau. À peine avait-il touché la surface qu'une multitude de petits poissons à grandes dents se jetèrent dessus pour le dévorer…

Tarass, sidéré, recula d'un pas.

— Mais qu'est-ce que c'est que ces horreurs ? voulut savoir Trixx. On dirait des sardines portant des dentiers !

— DES   PIRANHAS !   constata Marabus, aussi hébétée que lui. Dans toutes les eaux du monde, on ne peut trouver poisson plus féroce et plus vorace…

La mort à diner

Khan s'était avancé lentement sans faire de bruit jusqu'au buffet. Il se tenait devant le meuble, la main sur la poignée. Gustar baissa la tête; il savait maintenant que Ryanna était prise au piège. Si elle était parvenue à tromper Khan une première fois, elle n'y parviendrait certainement pas cette fois-là, surtout avec ce gros bêta de Krodor dans la salle. Khan posa son index devant sa bouche pour signifier aux deux ograkks de ne pas parler ni bouger.

Cachée tout au fond du gros meuble en bois, Ryanna se douta que quelque chose se tramait, car elle n'entendait plus un seul mot. Elle savait aussi que personne n'avait quitté la pièce parce qu'elle n'avait pas entendu la porte se fermer ou claquer. Elle se savait perdue !

Jouant le tout pour le tout, elle décida d'asséner un violent coup de pied sur les deux portes qui s'ouvrirent en même temps et avec un grand fracas.

BRAAAAMM !

Ensuite, elle bondit pour se catapulter vers la porte de la salle à manger ouverte. Khan tendit son bras puissant et n'eut qu'à la cueillir. Elle était prise comme un lapin dans un collet.

— TIENS, TIENS, TIENS ! grogna-t-il en la soulevant de terre.

— LAISSEZ-MOI PARTIR, SALETÉ DE MONSTRE HIDEUX !

Khan rit aux éclats.

— HA ! HA ! HA ! HA ! Mais pour qui te prends-tu pour me donner ainsi des ordres ? Tu ne fais pas le poids contre moi. Et puis, tu n'as pas encore mangé ! Et devine ce qui vient de s'ajouter au menu ? TOI !

— NOOOOOOON ! continua-t-elle à s'époumoner. JE VOUS AI ASSOMMÉ TOUT À L'HEURE ET, CROYEZ-MOI, JE PEUX LE REFAIRE ! LÂCHEZ-MOI, JE VOUS PRÉVIENS !

Les hurlements de protestation de Ryanna semblaient mettre Krodor mal à l'aise. Le gros ograkk aimait la bagarre, mais il détestait plus que tout, les cris et les pleurs, eh oui ! Tout le monde a droit à ses faiblesses, même le plus barbare de tous les guerriers.

Sa lèvre inférieure tremblotait.

Gustar s'en aperçut. Il n'en croyait pas ses yeux, qu'il leva vers le plafond.

— T'es une vraie loque, Krodor, un tocard extraordinaire, tu le sais ?

Le chef des gardes se tourna vers Gustar avec un air des plus rageurs. Son regard ne cachait pas son intention de… TUER ! Il se rua sur Gustar comme un prédateur sur sa proie.

Khan tourna la tête vers ses deux ograkks. Ryanna en profita pour faire un grand écart avec ses jambes pour le frapper. Mais Khan ne se laissa pas prendre une deuxième fois. Il intercepta son pied avec sa main et la souleva très haut dans les airs. Tête en bas, Ryanna gesticulait.

Khonte Khan pivota alors soudainement et envoya la jeune fille faire un vol plané directement sur le mur le plus éloigné. L'épaule de Ryanna percuta si violemment les pierres qu'elle perdit connaissance.

Sur le plancher, Gustar était à cheval sur le ventre de Krodor et avait enroulé ses deux mains autour de son cou. Le visage tout rouge, Krodor ne pouvait plus respirer. Au moment où il sentait ses forces le quitter, Khan arriva derrière Gustar armé d'une bouteille de vin...

BLANG !

Deux et deux font deux

Tarass examina le plafond. À part quelques toiles d'araignée inoffensives, il n'y avait rien. Aucune poutre, aucune saillie où il aurait pu accrocher un câble pour se balancer de l'autre côté, rien !

Les murs étaient plats. La lumière du jour filtrait à travers des petits trous, mais ceux-ci étaient trop petits pour y ancrer quoi que ce soit.

Sous la surface, Kayla aperçut soudain le banc de piranhas qui se mouvait rapidement dans l'eau. Ils se préparaient sans doute à festoyer. C'était de très mauvais augure.

Soudain, l'attention de Tarass fut portée sur les trois gros nénuphars. Chacun d'eux pouvait supporter le poids d'une personne, peut-être même deux.

— Je sais ! s'exclama-t-il. Je crois avoir trouvé la solution. Nous allons traverser à bord de ces nénuphars. Ils sont si grands qu'ils nous serviront de chaloupe.

— Et comment allons-nous avancer si nous ne pouvons pas mettre nos mains à l'eau pour pagayer ? demanda Trixx. Tu as oublié les poissons voraces ?

— Mais non ! Lorsque nous serons debout sur les nénuphars, nous n'aurons qu'à nous donner une poussée à l'aide d'un mur et nous voguerons jusqu'à l'autre en face. Et ainsi de suite, en zigzaguant, nous parviendrons de l'autre côté ! C'est simple.

— Je déteste lorsque tu dis que ce sera facile, se fâcha Trixx, parce qu'en réalité, ÇA NE L'EST JAMAIS !

— Il n'y a que trois nénuphars, leur rappela Kayla, et nous sommes quatre. Qu'est-ce qu'on fait ?

— Les deux plus légers d'entre nous vont embarquer sur le même nénuphar, lui répondit Tarass. Nous n'avons pas le choix. Trixx, viens ici avec…

Il s'arrêta, car il se rappela tout à coup qu'il ne fallait jamais dire à une fille qu'elle était grosse, ni même qu'elle n'était pas la plus mince ou la plus petite. Et, pour connaître très bien Marabus et Kayla, il savait qu'elles étaient toutes les deux un peu susceptibles. Pour éviter de se faire traiter de rustre, et de se faire pousser dans le bassin avec les piranhas, il se ravisa.

Il se tourna vers Trixx.

— Bon ! Toi, Trixx, tu seras seul sur un nénuphar et moi aussi. Vous deux, dit-il en regardant Marabus et Kayla, parce que vous… êtes… euh… moins lourdes, oui, moins lourdes…

PFIOU ! Il agissait en hypocrite, mais il venait cependant d'éviter leur colère…

En utilisant la courroie de son sac, Kayla parvint à tirer vers elle les trois grosses plantes aquatiques.

— BRAVO ! lui dit Trixx. Les dames d'abord.

Kayla le dévisagea.

— AH ! j'ai compris ! Si ça ne marche pas, les piranhas vont nous bouffer, nous. De cette manière, ils n'auront plus faim pour vous, n'est-ce pas ?

— Mais non ! la rassura Trixx. ALLEZ ! Grouillez-vous !

Une fois Marabus et Kayla embarquées sur le nénuphar, Tarass les poussa. Elles flottèrent doucement jusqu'au mur, poursuivies par les piranhas qui ne pouvaient rien tenter contre elles.

Lorsque leur petite embarcation heurta l'autre mur, Kayla et sa tante donnèrent une forte poussée pour revenir en diagonale, plus loin, vers le premier mur.

— ÇA MARCHE ! s'écria Kayla. À nous, le deuxième morceau de la clé !

Avant de poser le pied sur son nénuphar, Trixx remarqua les piranhas qui rôdaient tout autour. Ils étaient plus d'une centaine. De l'autre côté du bassin, Marabus et Kayla venaient d'accoster.

Il embarqua sur son nénuphar et se donna ensuite une poussée en direction du mur. Tarass, qui n'était pas très loin derrière lui, fit le même geste. Mais à leur grand étonnement, les embarcations demeurèrent immobiles, près du mur.

Tarass poussa sur le mur une autre fois, mais c'était inutile. Ils étaient bloqués sur place.

— Peut-être que nous avons touché le fond, supposa Trixx.

— Touché quoi ? lui demanda Tarass.

Il se pencha avec précaution pour regarder sous le nénuphar.

— Il y a trois mètres d'eau sous nous, ce n'est pas normal.

— Ce qui n'est pas normal, c'est ça ! lui montra Trixx, devenu soudain très nerveux.

Autour d'eux, les piranhas s'étaient rassemblés pour grignoter les nénuphars.

— MAIS QU'EST-CE QUI SE PASSE ICI ? s'écria Tarass qui ne comprenait pas pourquoi tout ceci n'était pas arrivé à Kayla et Marabus.

De l'autre côté du bassin, ces dernières leur gesticulaient énergiquement de se dépêcher.

* * *

Ryanna se réveilla en sursaut. Elle avait terriblement mal à la tête. Avant même qu'elle pût ouvrir les yeux, l'odeur infecte du cachot envahit ses narines. Elle comprit qu'elle était revenue avec les autres prisonniers, au fond du donjon. Mais au moins, elle était en vie, c'était sa seule consolation.

Étendue sur de la paille, elle ouvrit lentement les yeux. Elle portait encore la belle robe rouge que lui avaient mise les vampelles. Quand elle leva la tête vers ses compagnons de cachot, elle fut tout étonnée de les voir regroupés à l'autre extrémité, les yeux rivés sur elle, apeurés. Elle ne comprenait pas pourquoi.

Lorsqu'elle voulut s'appuyer sur le sol pour se relever, elle sentit soudain un corps près d'elle. Elle se retourna pour constater que c'était Gustar, le valet de Khan. Que faisait-il ici ?

L'ograkk avait une bosse derrière la tête qui saignait abondamment. L'un des prisonniers s'avança vers eux avec une grosse roche dans les mains.

Ryanna comprit quelles étaient les intentions de l'homme.

— MAIS QU'EST-CE QUE VOUS VOULEZ FAIRE ?

Elle se jeta sur le corps inanimé de Gustar.

— Nous devons tuer ce salopard pendant que nous le pouvons, lui dit l'homme.

Il souleva la pierre au-dessus de sa tête.

— ÉCARTEZ-VOUS !

— NOOON ! hurla Ryanna. IL M'A SAUVÉ LA VIE !

L'homme continua de s'approcher. Tout à coup, le pied de Gustar se plaça devant celui de l'homme qui trébucha et tomba juste à côté de Ryanna. La pierre roula jusque dans un autre coin de la cellule. La jeune femme se précipita pour la ramasser.

Elle plaça la pierre derrière son dos et apostropha le prisonnier qui, étourdi, avait peine à se relever.

— PERSONNE NE VA TUER QUI QUE CE SOIT DANS CE CACHOT ! l'invectiva-t-elle. Je confisque cette pierre, compris tout le monde ?

Elle était visiblement très en colère.

Dans le coin où étaient regroupés les autres prisonniers, les têtes allaient de haut en bas.

— Oui ! Oui ! répétèrent-ils tous plusieurs fois.

Elle posa ensuite la pierre sur le sol et s'agenouilla près de Gustar.

— Est-ce que ça va, Gustar ?

Elle épongea le sang avec un bout de sa robe.

— Vous allez tacher votre vêtement, mademoiselle, parvint-il à lui souffler très faiblement.

— Ne vous en faites pas, Gustar. Le sang ne peut pas tacher une robe rouge, voyons.

Il rit malgré la douleur qui l'accablait.

— Mais que faites-vous ici, dans le cachot avec les humains ? lui demanda Ryanna.

— Khan s'est sans doute aperçu que j'avais odieusement omis de lui dire que vous étiez cachée dans le buffet. Enfin, c'est ce que je crois.

* * *

Tarass savait bien que quelque chose lui échappait. Il devait se montrer plus rusé encore pour espérer traverser le bassin. Il pensa soudain à la dalle… Pourquoi était-elle molle et collante lorsqu'il l'avait traversée, alors que pour Marabus et Trixx, elle était redevenue tout à coup dure…

Il réfléchissait.

— Pour moi, c'est difficile, mais pour elles deux, ce fut facile, se répéta-t-il plusieurs fois.

Tout à coup, il comprit…

— ELLES SONT PARVENUES À TRAVERSER ! s'écria-t-il brusquement.

Trixx se tourna vers lui.

— MAIS ÇA FAIT TRÈS LONG-TEMPS QU'ELLES ONT RÉUSSI, ELLES ! C'EST NOUS QUI SOMMES DANS LE PÉTRIN, LÀ !

— JE SAIS ! poursuivit Tarass en sou-riant. Elles sont parvenues à traverser parce qu'elles étaient DEUX sur le nénuphar… ENSEMBLE ! TOUTES LES DEUX ! J'ai réussi à résoudre l'énigme : deux et deux font deux, pour la deuxième pièce de la clé.

Trixx était complètement embrouillé.

Tarass bondit de son nénuphar pour rejoindre son ami sur le sien.

— MAIS QU'EST-CE QUE TU FAIS ? lui demanda Trixx. NOUS ALLONS SOMBRER !

— POUSSE LE MUR, VITE ! lui commanda Tarass. VITE !

Les piranhas affamés étaient parvenus à faire de grands trous partout sur les deux plantes.

— MAIS ÇA NE FONCTIONNE PAS ! NOUS AVONS DÉJÀ ESSAYÉ.

Tarass posa lui-même sa main sur le mur et poussa de toutes ses forces. Le nénuphar s'écarta du mur et alla vers l'autre. Quatre poussées plus tard, ils accostaient tous les deux de l'autre côté. Ils avaient réussi !

De nouveau réunis, les quatre compagnons gravirent un second escalier qui les conduisit très haut sur le toit du temple.

Aussitôt dehors, Marabus scruta nerveusement l'horizon, espérant voir une forme noire, celle d'un ptéranodon porteur d'une autre pièce de la clé. En effet, il ne tarda pas à apparaître, arrivant de l'est comme le précédent. Lorsqu'il les survola, Marabus se plaça sous lui et attrapa facilement la deuxième pièce de la clé.

Elle ressemblait en tout point à l'autre, à part les signes qui étaient un peu différents. Marabus dégagea la corde autour de son cou et sortit la première pièce. En les collant l'une contre l'autre, elle réussit à les emboîter parfaitement. Son visage expressif laissa transparaître sa joie.

Kayla se pencha dans le vide à la recherche d'une façon de descendre.

— Je crois que nous pouvons sauter d'un palier à l'autre jusqu'en bas, indiqua-t-elle à ses amis, fière d'avoir trouvé une autre voie sans doute moins périlleuse que la précédente.

— BONNE IDÉE, KAYLA ! ON Y VA, toi en premier, ordonna Tarass à son ami Trixx pour coordonner la descente.

Macrobiote et yétis

Ryanna tenait la tête de Gustar pour lui faire boire un peu d'eau.

— Merci ! lui souffla-t-il faiblement. Sa blessure à la tête le faisait souffrir énormément. Ryanna regarda tendrement l'ograkk malgré son apparence repoussante.

— Vous m'avez servi le vin tantôt, il est normal que je vous rende la politesse. Mais Gustar, comment expliquez-vous le fait que vous soyez gentil ? Tous les ograkks sont reconnus pour être des créatures cruelles et malveillantes...

Gustar rit et grimaça ensuite de douleur.

— Après le banquet de mon maître, je vide les assiettes.

Ryanna grimaça d'incompréhension.

— Je ne comprends pas, Gustar. Vous êtes différent parce que vous mangez des… toucekis ?

— Des toucekis ? répéta Gustar.

Il ne connaissait pas ce mot.

— Des toucekis, des « tout ce qui reste » ! Les restes de table, à Lagomias, nous les appelons les toucekis. Vous êtes gentil parce que vous ne mangez que des restes de table ?

Maintenant, c'était au tour de Ryanna de ne pas comprendre.

— Que les légumes, Ryanna, que les légumes, car je suis végétarien ou, si tu préfères, macrobiote. Voilà pourquoi je suis si différent des autres.

Ryanna était stupéfaite.

— Pour guérir tous les ograkks de leur haine contre les humains, il faudrait tout simplement leur faire manger des légumes ?

— Je ne le sais pas, lui répondit Gustar, mais cela fonctionne très bien dans mon cas.

Ryanna déposa doucement la tête de l'ograkk sur un petit tas de paille, et s'assit près de lui.

— Et on ne pourra jamais le savoir, se résigna Ryanna, puisque nous allons tous les deux finir dans les plats du banquet de Khan.

— Mais non, vous allez vous échapper, tenta-t-il de la rassurer.

— Ça, j'en doute…

Parce que l'ograkk cherchait à lui redonner espoir, Ryanna lui était très reconnaissante.

— Si, je vous le dis, mademoiselle Ryanna. Vous allez vous échapper.

Elle se tourna vers lui, le regard triste, car de toute évidence, Gustar délirait.

— Vous allez vous enfuir par le passage caché juste derrière ce mur.

Gustar montra avec son doigt le fond du cachot.

* * *

Les deux ptéranodons qui avaient transporté les premières pièces de la clé étant venus de l'est, c'est dans cette direction qu'ils décidèrent d'aller.

À l'horizon, le soleil commençait son long périple vers le sol pour s'y coucher.

Tarass, loin devant ses amis, aperçut le premier une longue chaîne de montagnes très escarpées, qui lui semblaient infranchissables. Elles s'étalaient du nord au sud. De l'autre côté des montagnes, plusieurs colonnes de fumée grises et noires s'élevaient dans le ciel. Plus il s'en approchait, plus il avait la certitude que cette barrière naturelle cachait un autre monde…

Il s'arrêta pour attendre Marabus. Avec tout le savoir qu'elle possédait, elle connaissait sans doute quelque chose sur cette étrange et mystérieuse contrée. Étaient-ils déjà arrivés à la frontière de Drakmor ? Tarass en doutait fortement.

Kayla, Trixx et Marabus arrivèrent enfin près de lui.

— Croyez-vous que nous sommes arrivés à Drakmor ? demanda Tarass à la grande mage.

Il connaissait déjà la réponse, mais il voulait en être certain. Marabus poussa un long soupir avant de répondre.

— Non ! Mais je peux te dire que nous sommes parvenus à l'endroit où nous allons pouvoir obtenir la troisième pièce de la clé.

Le regard de Tarass devint soudain perplexe.

— Mais qu'est-ce qui vous fait croire que nous allons la trouver ici ? Il n'y a rien qu'une plaine désertique et des montagnes, là-bas.

— Le chiffre trois, Tarass ! lui répondit Marabus. Le chiffre trois.

Tarass chercha autour de lui. Il ne voyait rien qui ressemblait de près ou de loin au chiffre trois.

— OÙ ? OÙ ? demanda-t-il.

— Là-haut ! Trois couches de nuages, lui montra-t-elle en pointant le ciel. Il y a aussi trois chaînes de montagnes. Une, deux et trois !

— Coïncidence, cette fois-ci, Marabus, simple coïncidence.

Marabus se tourna pour pointer ensuite derrière lui.

— ET TROIS YÉTIS GARGANTUA !

Tarass se retourna et aperçut trois créatures géantes qui avançaient vers eux. Les yeux brillants de fureur, elles se martelaient la poitrine.

* * *

Comme le lui avait indiqué Gustar, Ryanna frappa le mur avec une petite pierre jusqu'à ce qu'elle finisse par entendre un bruit creux.

TONG ! TONG !

— Gustar ! Gustar !

Elle revint discrètement vers l'ograkk pour éviter d'alerter les gardes de faction.

— Je crois que j'ai trouvé, Gustar.

— Très bien ! KUURH ! KUURH !

L'ograkk toussait très fort.

— Est-ce que ça va, Gustar ?

— Ce n'est rien, mademoiselle, ce n'est rien.

KUURH ! KUURH !

Ryanna savait que la vie de l'ograkk s'achevait. Sa blessure était malheureusement mortelle.

— Si vous frappez très fort avec la grosse pierre, un trou apparaîtra. Ensuite, vous l'agrandirez lentement, très lentement, avec une plus petite pierre, pour faire le moins de bruit possible. Il faut que vous soyez très discrète, mademoiselle. Derrière le mur du cachot, vous trouverez le passage caché du château. Chaque château en possède un. En empruntant ce passage, vous pourrez aller où vous voulez !

— D'accord ! lui dit Ryanna.

— Prenez la grosse pierre et allez vous placer près du mur creux ! lui indiqua Gustar. Lorsque je tousserai, frappez la paroi de toutes vos forces.

La pierre placée au-dessus de son épaule, elle attendit que Gustar soit pris d'une vilaine quinte de toux. Tout à coup…

KURH ! KURH ! KURH ! KUURH !

Le moment arrivé, elle frappa énergiquement la paroi qui s'écroula aussitôt.

— C'est mieux que ce que j'espérais ! s'exclama-t-elle en apercevant le grand trou.

Elle y glissa la tête pour regarder de l'autre côté du mur. Comme le lui avait dit Gustar, une série de flambeaux éclairait un long corridor. C'est en liesse qu'elle retourna vers l'ograkk.

Lorsqu'elle arriva près de lui, sa tête était tombée sur le côté de son corps et il ne bougeait plus…

* * *

Comme dans un cauchemar, les trois humanoïdes poilus arrivaient vers eux en rugissant. Leurs longs poils blancs dansaient au gré de leurs pas lourds sur le sol. Griffes tendues, ils fonçaient, leur bouche écumant.

Tarass accueillit le premier avec un retentissant coup de bouclier.

BANG !

Le yéti tituba, tomba sur le sol, effectua une longue roulade de plusieurs tonneaux puis disparut dans une profonde crevasse derrière lui.

— TROIS MOINS UN, DEUX ! s'écria-t-il, arrogant.

Trixx, qui avait dégainé son épée, attendait de pied ferme le deuxième yéti. Lorsque celui-ci arriva à sa hauteur, il tenta de le décapiter. Mais malgré son apparente lourdeur, la créature se montra assez agile pour saisir le poignet de Trixx. Ce dernier échappa son épée. L'arme tomba sur le sol et glissa rapidement vers Tarass en tournant. Pour éviter que la lame tranchante ne lui coupe les deux pieds, Tarass dut sauter au dernier instant.

Marabus et Kayla, qui n'avaient pas eu le temps de lancer l'incantation d'un mandala, durent se battre en corps à corps avec le troisième yéti, même si elles savaient que ce combat était tout à l'avantage de la créature.

Tout près d'elles, le deuxième yéti attrapa Trixx par la gorge, le souleva et l'envoya violemment au loin. Trixx effectua un vol plané de plusieurs mètres avant de tomber sur le ventre.

Tarass courut jusqu'à l'épée de son ami, la ramassa et l'envoya très haut dans les airs.

Trixx leva la tête et regarda tout hébété son arme qui virevoltait en s'éloignant de lui.

— TU L'AS LANCÉE DANS LA MAUVAISE DIRECTION ! lui cria-t-il alors que la créature s'amenait encore vers lui. JE SUIS ICI !

L'épée bleue traça une grande courbe dans les airs pour finalement aller se planter directement dans la tête du yéti qui avait saisi à bras-le-corps Kayla et Marabus. La grande créature s'affaissa raide morte sur le sol. Prises sous le poids de son corps, les deux mages tentaient de se dégager.

Tarass planta son bouclier dans le sol en hurlant.

— NARRRRRRR !

La petite fissure ainsi produite sur le sol se transforma vite en large crevasse. Elle se mit ensuite à scinder profondément le sol en deux, dans la direction du dernier yéti. Celui-ci, qui cherchait querelle à Trixx, dut changer ses projets. La faille se dirigeait maintenant vers lui sans relâche. Malgré sa rapidité, il ne parvint pas à lui échapper. À seulement quelques mètres d'un rocher où il aurait pu se jucher pour se réfugier, elle le rattrapa. Le yéti sombra dans les profondeurs en poussant un long hurlement inhumain.

— TRAHURRRREE !

Tarass se précipita vers les deux mages. À demi cachées par le gros corps poilu du yéti effondré, elles étaient sur le point de succomber étouffées. Tarass agrippa la toison de la créature et souleva le gros corps pour tenter de le faire basculer, sans succès. Néanmoins, Kayla parvint à se dégager. Le visage écarlate, elle inspira profondément. De sous le corps du yéti ne dépassaient que les pieds de Marabus, qui ne bougeait plus.

Avec l'aide de Trixx qui venait d'arriver, ils poussèrent le gros cadavre et parvinrent enfin à le rouler sur le côté. Marabus gisait, inerte, les yeux ouverts…

Kayla ne put retenir un cri horrifié.

— NON ! Elle est morte.

Tarass se jeta à genoux. Marabus avait le visage tout blanc et ses lèvres commençaient à bleuir. Tarass colla une oreille sur son ventre. Ne percevant aucun battement, ni la moindre respiration, il la frappa violemment sur le torse trois fois et lui souffla à deux reprises dans la bouche. En pleurs, Kayla s'affaissa à ses côtés.

Tarass joignit ensuite ses deux mains et poussa quinze fois sur le torse de Marabus qui, soudain, se mit à tousser.

Les yeux humides de Kayla se crispèrent de joie.

Tarass leva avec sa main la tête de la grande mage qui respirait maintenant à grands coups.

— Est-ce… est-ce que nous les avons eus ? demanda-t-elle à peine remise. Nous les avons écrasés, ces monstres, dites-moi ?

Trixx sourit à Tarass.

— Écrasés ! répondit-il. OUI ! Euh, OUI ! Comme des crêpes, hein ! N'est-ce pas, les amis ?

Kayla essuya ses yeux avec ses mains et hocha la tête en souriant elle aussi.

— Oui ! Oui ! Comme des crêpes…

Trixx se relevait lorsqu'il aperçut le porteur de la troisième pièce de la clé, au loin, dans le ciel…

Les skavengeurs

Torche en main, Ryanna marchait à la tête du groupe de prisonniers dans le long corridor austère et humide. Les lueurs dansantes du flambeau étiraient les traits de son visage hagard.

— Cher Gustar, se disait-elle en avançant, je n'oublierai jamais ce que tu as fait pour moi. Même si je ne réussis pas à sortir vivante de cet endroit, je te remercie du fond du cœur.

Avant de quitter le cachot, elle avait demandé aux autres prisonniers de bourrer les couches de paille pour imiter des corps endormis, parce que les gardes du donjon effectuaient des tours de surveillance tous les demi-sabliers. Oui ! Il fallait gagner le plus de temps possible, car dans cette fuite, le temps était d'une importance capitale. Plus ils accumulaient les sabliers, plus grande était leur chance de réussir.

Le corridor s'arrêta soudain sur une longue échelle qui allait très haut, vers le sommet du château.

— Je crois que nous n'avons pas emprunté le bon côté du corridor, lui dit Minos, l'un de ses compagnons de cachot qui marchait juste derrière elle.

Minos était originaire de Greccia et avait été capturé dans sa contrée par les troupes de Khan presque au début de la guerre. Les autres prisonniers et prisonnières se moquaient toujours de lui, disant qu'il était là avant même que la construction du château ait débuté. Chose certaine, il était là depuis très longtemps, bien avant que les murs aient été érigés autour du château.

— Les voies les plus courtes sont rarement celles que l'on pense ! philosophait-elle avec son compagnon de cachot. Il ne faut jamais se fier aux apparences, surtout lorsqu'on tente de se dérober.

Ne pouvant pas escalader l'échelle avec sa longue robe, Ryanna entreprit de déchirer la partie inférieure pour avoir une plus grande liberté dans ses mouvements.

Le flambeau entre les dents, elle se mit à escalader les barreaux jusqu'au dernier sans s'arrêter. Derrière elle, Minos avait peine à suivre. À cause du manque de nourriture saine et fraîche, il était plutôt frêle et sa santé n'était pas très bonne.

Ryanna parvint à atteindre un autre passage. Celui-ci était cependant plutôt étroit, si étroit qu'elle ne put se lever.

À quatre pattes comme un rat dans un égout, elle progressait dans le passage. À quelques mètres devant elle, elle aperçut de la lumière qui filtrait par une petite fenêtre. La lumière faisait danser la forme de l'ouverture sur le sol; il ne s'agissait donc pas du soleil, mais plutôt de chandelles. Elle s'approcha lentement sans faire le moindre bruit.

Par la petite fenêtre en forme d'étoile à six branches, elle aperçut l'immense chandelier de la salle du trône. Une voix résonna, la voix rauque de quelqu'un continuellement en rogne… KHAN !

— QUOI ! s'écria ce dernier, ELLE S'EST ENCORE ENFUIE !

Ryanna leva la tête pour regarder.

— OUPS ! On parle de moi, murmura-t-elle.

Khan se leva de son trône et décapita avec sa massue, sous les yeux horrifiés de la jeune femme, le messager de cette autre très mauvaise nouvelle.

Lassée de toute cette violence, Ryanna s'assit, puis se releva lorsqu'elle entendit Khan qui gueulait des ordres à Krodor.

— LÂCHEZ LES SKAVENGEURS ! TOUT DE SUITE ! JE NE VEUX PLUS QU'ON ME RAMÈNE LA LAGO-MIENNE VIVANTE ! SEULEMENT LES OS QUE CES CRÉATURES M'AURONT LAISSÉS ! SEULEMENT ÇA !

Ces horribles chiens mutants, construits de toutes pièces par Khan, étaient les plus effroyables et les plus cruels animaux de tout l'atoll. Grâce à de puissants et inavouables sokrilèges, Khan avait réussi à créer deux bêtes parfaites qui pouvaient effectuer les pires carnages.

Il avait combiné des pattes de loup de Drakmor, un tronc de dragon des marais, une tête de rekin terrestre et une queue de serpent. À la place du sang, les veines de ces bêtes immondes contenaient un fluide constitué de mixtures préparées dans son antre. Même Khan ne pouvait pas savoir si ces deux créations cauchemardesques pouvaient être tuées.

— Mais voyons, maître ! tenta de le raisonner Krodor. Avec tout le respect que je vous dois, laissez-moi vous rappeler que les skavengeurs sont des bêtes terribles qui ne suivent pas les ordres ! Elles parviendront à retrouver la fugitive certes, sauf que beaucoup d'ograkks périront aussi. Rappelez-vous la dernière fois que nous les avons sortis de leur cage, il y a eu un massacre épouvantable.

Khan s'avança de façon très menaçante vers son ograkk préféré pour le saisir par le plastron de son armure.

— Si tu n'exécutes pas sur-le-champ mon ordre, je vais laisser ces bêtes aiguiser leurs dents sur tes os…

Krodor se ressaisit, et pencha la tête.

— Oui, maître ! Vos ordres sont les plus gratifiantes missions qu'il m'ait été donné d'exécuter dans ma misérable vie.

Khan laissa l'ograkk partir…

Jurassium

Le ptéranodon n'était plus qu'à quelques centaines de mètres d'eux. Elle était là qui brillait entre ses griffes, cette fameuse troisième pièce de la clé. Les deux pieds sur terre, dans la trajectoire du lézard volant, Marabus attendait, fébrile et impatiente. Combien de mages auraient aimé être à sa place en ce grand moment ! Plusieurs auraient même tout donné…

Cependant, le ptéranodon la survola et poursuivit son chemin en direction de la chaîne de montagnes.

Les deux bras de Marabus, dressés vers le ciel, tombèrent de chaque côté d'elle.

Trixx arbora une mine déconfite.

— Mais ! Il est aveugle, cet oiseau sans plumes ? HÉ ! HO ! NOUS SOMMES ICI ! hurla-t-il au lézard volant qui continuait de s'éloigner.

Tarass s'approcha de Marabus et de Kayla.

— Mais qu'est-ce qui se passe ? leur demanda-t-il. Nous ne la méritons pas, cette dernière pièce ?

— Pourtant, continua Kayla, nous avons réussi à battre les TROIS yétis.

Au loin, ils aperçurent soudain la troisième pièce qui tombait de l'autre côté de la chaîne de montagnes.

— Mais quel idiot, ce ptéranodon ! s'exclama Trixx.

Il avait le visage crispé dans une grimace interrogative.

— Je crois que nous devrions aller la chercher avant qu'elle disparaisse pour toujours, suggéra très fortement Marabus. Je ne sais pas ce que l'on va trouver de l'autre côté de ces montagnes, mais tous ces volcans en éruption ne me disent rien qui vaille. J'ai comme l'impression que toute cette partie de l'atoll est sur le point de sombrer sous l'océan, ou je ne sais quoi…

Tarass se tourna alors vers ses amis.

— Nous y allons !

Il se mit en marche sans attendre leur réponse.

Trixx lui emboîta le pas, suivi par Kayla et Marabus.

Ils parvinrent rapidement au flanc de la première montagne. Mais la nuit tombait vite et le soleil se couchait derrière la montagne. Il faisait trop sombre pour continuer.

Après quelques trop courts sabliers de sommeil, Marabus sortit ses quatre colliers de pierres de lune et les frappa les uns contre les autres pour que jaillisse la lumière.

Le petit campement perché dangereusement sur le flanc de la montagne s'illumina soudain. De gros insectes piqueurs, attirés par la lumière, entourèrent Marabus. Ils avaient soif de sang et cherchaient une partie non protégée de sa peau pour la piquer et s'abreuver.

Marabus récita une formule magique...

— DEGA-KAR-SOU !

... et tous les insectes tombèrent morts sur le sol.

Tarass se réveilla.

— Quoi ! Il faut partir ?

Il venait d'apercevoir Marabus avec les pierres de lune.

Le reste de la nuit se passa à escalader la montagne, jusqu'à ce qu'ils atteignent finalement le pic. Au loin, le soleil qui se levait enfin plongeait la grande vallée verdoyante dans une douce lumière. Le brouillard au-dessus de la jungle se dissipait lentement.

Marabus ramassa ses colliers devenus inutiles et les rangea soigneusement dans son pactouille. Ensuite, elle se mit à étudier les environs.

— Le pic, la vallée et le soleil... HUMMPH ! LÀ ! s'exclama-t-elle soudain.

Selon les calculs de la grande mage, le ptéranodon aurait laissé tomber la dernière pièce de la clé près du lac aux contours sinueux qui s'étendait sous leurs yeux, à travers les arbres. Ce lac était profondément enfoui au centre d'une forêt dense et était entouré de grands arbres étranges qui semblaient plusieurs fois centenaires. Jamais elle n'avait vu pareille végétation.

Par ici, les maringouins étaient beaucoup plus gros et surtout plus agressifs. Non seulement l'un d'eux piqua le pauvre

Trixx très profondément, mais il parvint à lui arracher aussi un morceau de peau. Trixx, cependant, réussit à décapiter le gros insecte avec son épée avant qu'il s'éloigne.

Ils étaient tous les quatre emprisonnés sous une nuée d'insectes harcelante. Marabus dut répéter plusieurs fois sa formule magique pour les éloigner.

— DEGA-KAR-SOU ! DEGA-KAR-SOU ! DEGA-KAR-SOU !

Maintenant, ils pouvaient souffler un peu.

Au pied de la montagne, il était presque impossible d'apercevoir le ciel bleu tellement les feuilles des arbres étaient grandes. Le sol vibrait continuellement à cause des nombreux tremblements de terre qui secouaient toute la région.

La forêt dense leur rappelait celle d'Aztéka, les hommes-qui-se-nourrissent-d'hommes en moins, ils l'espéraient.

Marabus chargea Tarass de faucher les végétaux avec son bouclier afin de créer un chemin. Soudain, il entendit des oiseaux qui pataugeaient dans l'eau. Le lac n'était plus très loin.

Ils arrivèrent à une petite clairière au centre de laquelle se trouvait la carcasse décharnée d'un très gros animal. Sur l'une de ses côtes ensanglantées et dressées vers le ciel, un objet brillait et leur renvoyait en éclats vifs les rayons du soleil qui filtraient entre la fumée noire qui émergeait des volcans… LA TROISIÈME ET DERNIÈRE PIÈCE DE LA CLÉ !

Même si elle était impatiente de compléter la clé, Marabus ne s'avança pas tout de suite pour aller chercher la pièce. Kayla trouva curieuse son inaction soudaine.

— Mais qu'est-ce qu'on attend, là ? demanda-t-elle à tous. Prenons la clé et quittons au plus vite ce nid à bibittes.

— NON ! lui intima Marabus. Attendons quelques grains du sablier.

Tarass et Trixx, qui se dirigeaient vers la carcasse, s'arrêtèrent.

— Vous avez vu la taille de ce cadavre décharné ! leur fit-elle remarquer.

Kayla tourna la tête vers la carcasse et se retourna à nouveau vers sa tante.

— Oui, mais peu importe de quoi il s'agissait, c'est maintenant tout ce qu'il y a de plus mort. Nous n'avons plus rien à craindre de cette grosse bête.

— Ce n'est pas cette bête morte que je crains, continua sa tante. C'est plutôt l'animal qui l'a tuée et ensuite dévorée.

Au loin retentit tout à coup un hurlement qui fit frissonner les grandes feuilles des arbres autour d'eux.

GOOOOUUUUURRRR !

Trixx pivota sur lui-même pour se placer face au cri.

— Je reconnais ce hurlement, s'exclama-t-il, attentif. Je ne l'oublierai jamais, je l'ai entendu à Romia. C'est un dinosaure… UN TYRANNOSAURE !

Kayla comprit maintenant où ils venaient de mettre les pieds.

— JURASSIUM ! s'écria-t-elle. Nous sommes à Jurassium, il n'y a aucun doute, la contrée des grands lézards, celle des dinosaures.

L'effroyable hurlement résonna encore.

GOOOOUUUUURRRR !

— Non ! dit Kayla en s'approchant de Tarass. Ce n'est pas un tyrannosaure, c'est autre chose.

— Tu as raison, Kayla ! l'appuya Trixx.

Ce dernier savait de quoi il parlait, puisque dans le grand Colisée de Romia, il s'était transformé en tyrannosaure.

— Ça me semble plus gros, lui confia Kayla, beaucoup plus gros.

Tarass fulminait de s'être bêtement fait conduire dans ce lieu d'où peu ressortent en vie. Tout cela pour une stupide clé…

GOOOOUUUUURRRR !

Le hurlement du grand lézard se faisait de plus en plus audible et ses pas lourds commençaient à faire trembler le sol.

POUM ! POUM ! POUM !

Tarass se propulsa alors vers la carcasse et sauta au centre de la cage thoracique. Les longues côtes l'entouraient, telle une cage. L'odeur pestilentielle du gros animal en décomposition avancée le força à se boucher le nez. La troisième pièce dorée de la clé était juste là, trônant bien haut à l'extrémité de l'une des côtes.

Tarass s'élança avec son bouclier et la coupa comme on abat un arbre. Le long os plat tomba lourdement sur le sol et propulsa la pièce dorée dans un bosquet de plantes d'un rouge très vif.

Tarass se faufila entre les os et les arbres pour aller la chercher. Lorsqu'il la ramassa sur le sol boueux, une gigantesque tête apparut soudain entre les feuillages…

Marabus reconnut aussitôt le gros animal.

— Par toutes les potions de mon antre ! UN SPINOSAURE !

Contre le plus terrible

Le spinosaure était le plus grand de tous les dinosaures de la contrée de Jurassium. Il était si énorme qu'il était le prédateur de tous les dinosaures, même des redoutables tyrannosaures. Son dos était surmonté d'une grande crête épineuse. C'était avec son long bec rempli de dents coniques et ses grandes griffes en forme de crochet qu'il déchiquetait ses proies.

Il ouvrit sa grande gueule devant Tarass et poussa un hurlement si retentissant que le jeune guerrier fut projeté sur le dos.

KRAAAAAAAAEUUU !

* * *

À la sortie de l'enclos des skavengeurs, Khan aperçut les corps déchiquetés et démembrés de plusieurs ograkks. La grille était ouverte et la cage était complètement vide. Il se tourna vers Krodor, qui, comme toujours, le suivait pas à pas tel un parasite indésirable dont on ne peut se défaire, mais qui malheureusement a son utilité.

— Ils sont partis à leur recherche ? Tu en es absolument certain ? Tous les deux ?

— Oui, maître ! Comme vous me l'aviez demandé. Lorsque les gardiens ont ouvert la grille pour leur faire renifler les vêtements de la jeune Lagomienne, les ska-vengeurs ont tout de suite flairé la chair fraîche. Ils ont bondi furieusement sur les gardes et ont arraché le bras de celui qui tenait la pièce de tissu. J'ai dû m'enfuir lâchement, je n'avais pas le choix, ils étaient totalement déchaînés.

Khan s'en réjouit.

— C'est absolument parfait ! Jamais je n'ai vu mes cabots voraces aussi agités. Je les comprends, ils n'ont pas souvent l'occa-sion de se mettre sous la dent une telle denrée, qui vient d'une contrée si éloignée de la nôtre.

— En fait, de la contrée qui est le plus à l'ouest de l'atoll, ajouta Krodor.

Krodor connaissait très bien sa géographie.

Khan se tourna vers son chef de la garde.

— Krodor, s'étonna Khonte Khan, tu en as l'air, mais tu ne l'es pas !

L'ograkk ne comprenait pas ce que son maître venait de lui dire.

— Je ne suis pas quoi, maître ?

— C'est un compliment que je te fais, cher Krodor. Tu as l'air d'un parfait imbécile, mais tu ne l'es pas.

Très touché, Krodor ne savait pas quoi dire.

— Merci, maître !

C'est tout ce qu'il put faire sortir de sa bouche.

* * *

Le bouclier de Tarass était dans la gueule du spinosaure et empêchait les deux mâchoires de se refermer sur lui. Loin derrière, Trixx voulut bondir à sa rescousse, mais se ravisa et tourna les talons. Kayla et Marabus se demandèrent pourquoi il venait de faire demi-tour. Avait-il peur, tout à coup ? NON ! Il venait d'apercevoir quatre petits et rapides velociraptors qui arrivaient derrière les deux mages.

Ces dinosaures de la taille d'un homme étaient dotés d'une grande intelligence. Sans doute attendaient-ils bien sagement, tapis dans l'ombre des grands arbres, le moment propice pour les attaquer. L'apparition du spinosaure devant Tarass fut leur signal.

Trixx retourna près de Kayla et Marabus avec son arme au bout de ses deux bras, prêt à frapper.

— MAIS TU ES FOU ! lui hurla Kayla qui ne comprenait pas sa curieuse manœuvre. TU VEUX NOUS COUPER LA TÊTE ?

— PAS LA VÔTRE, LA LEUR !

Kayla et Marabus se retournèrent promptement et aperçurent les quatre velociraptors qui gambadaient dans leur direction, gueule grande ouverte. Leur queue écailleuse fouettait l'air derrière eux.

— PENCHEZ-VOUS ! hurla Trixx au dernier moment.

Le tout se déroula ensuite dans une parfaite succession de mouvements, telle une danse bien coordonnée.

Simultanément, Kayla et Marabus se laissèrent toutes les deux choir sur le sol. Trixx tendit les deux bras vers la droite et poussa de toutes ses forces son épée, aussi rapidement qu'il lui fut possible de le faire.

Son arme tranchante passa juste au-dessus de la tête de ses amies et s'arrêta à sa gauche. Devant lui, les quatre velociraptors immobiles venaient subitement de stopper leur course. Kayla, le visage terrifié, les regarda, puis se tourna vers son ami.

— TU LES AS RATÉS ! QU'EST-CE QUE TU ATTENDS POUR FRAPPER DE NOUVEAU !

La réaction de Trixx étonna Kayla. Celui-ci posa plutôt la pointe de son épée sur le sol entre ses jambes. Accroupie, Kayla sentit soudain une présence tout près d'elle. Elle se leva aussitôt et aperçut les quatre têtes des velociraptors qui roulaient sur le sol. Leur corps continua pendant quelques grains de sable du sablier à tanguer d'un côté et de l'autre, puis tous les quatre s'écroulèrent successivement.

Fier de lui, Trixx se regardait les ongles de la main.

— MAIS QU'EST-CE QUE TU FAIS, IDIOT ? TAAARRASSSEUUH ! lui cria Kayla.

Trixx se retourna et vit son ami, seul avec son arme minuscule, qui combattait l'énorme spinosaure. Il se précipita pour l'aider.

Tarass souleva son bouclier magique au-dessus de sa tête et frappa le sol avec toute l'énergie qu'il possédait. Comme toujours, son arme s'enfonça profondément sous la surface, créant immédiatement une très large crevasse.

À sa grande stupeur, le spinosaure ne s'engouffra pas dans la fissure profonde comme toutes les autres créatures à qui il avait fait le coup. Non, celui-ci sauta très haut dans les airs, écarta ses deux pattes puissantes et posa ses deux pieds de chaque côté du trou.

Ce grand lézard avait indéniablement l'habitude des apparitions subites de failles dans le sol. C'était sans doute à cause de tous les tremblements de terre et des éruptions volcaniques très fréquentes dans cette partie de l'atoll de Zoombira.

Frustré, Tarass extirpa son bouclier du sol et s'écarta du spinosaure. Au fond de la crevasse, il remarqua de la lave qui bouillonnait.

— Il y en a vraiment partout, de cette cochonnerie, remarqua-t-il.

Trixx arriva près de lui, son épée entre les mains, qu'il pointa en direction du grand dinosaure.

Ce dernier était immobile et les regardait avec appétit. Soudain, il pivota sur lui-même pour leur tourner le dos. Ce faisant, il leur balança sa longue queue, qui maintenant arrivait vers eux pour broyer tous les os de leur corps.

Dans sa course, la queue arracha quelques arbres et frappa de plein fouet la lame de l'épée de Trixx, qui lui s'était accroupi. Le très long bout coupé de l'appendice de l'animal tomba sur le sol en se tortillant tel un gros serpent décapité. Le sang gicla partout et le spinosaure hurla.

KRAAAAAAAAEUUU !

* * *

Grâce à leur flair infaillible, les skavengeurs atteignirent rapidement le pied de l'échelle. Ils étaient là tous les deux, tournant en rond, bien entendu incapables de monter les barreaux. Au bout de quelques grains du sablier, comme s'ils étaient dotés d'une certaine intelligence, ils rebroussèrent chemin pour trouver une autre voie.

* * *

Ayant perdu ce qui lui permettait de demeurer en équilibre, le spinosaure se mit dangereusement à se balancer d'avant en arrière. Ne pouvant plus conserver sa stabilité, il s'affaissa lourdement sur son flanc, dans une longue plainte déchirante.

CRUUUUOOOO !

Son bec long et mortel claquait frénétiquement dans le vide. Tarass se projeta sous le ventre du spinosaure pour y planter son arme, à la hauteur de son cœur. Le gigantesque animal hurla encore plus fort.

CRUUUOOOOOOOO !

Sa grosse tête inanimée tomba sur le sol et il poussa son dernier souffle.

* * *

Après un long cheminement dans les sombres passages cachés et secrets du château, Ryanna et les autres prisonniers arrivèrent enfin à une ouverture grillagée qui donnait à l'extérieur, sur un espace couvert d'une étrange végétation. Il y avait partout des plantes aux formes insolites, dont plusieurs étaient mortes et desséchées. Une très haute muraille percée d'une lourde porte de bois cloutée entourait l'endroit. Avec les autres prisonniers, Ryanna venait d'aboutir dans le jardin depuis longtemps oublié du château.

Avec ses deux pieds, elle poussa et réussit à faire plier la lourde grille rouillée qui, heureusement pour elle et pour tout le groupe, avait perdu toute sa solidité avec le temps. Ryanna mit ensuite le nez dehors et s'assura que la voie était libre. En rampant sur le sol, elle sortit de l'étroit tunnel cylindrique et se leva, enfin.

Courbaturée par cette longue course qu'elle venait de faire à quatre pattes, elle sentit une vive douleur dans le bas de son dos. Les yeux à demi fermés parce qu'elle souffrait, elle posa ses deux mains sur ses hanches et plia son corps en inclinant la partie supérieure.

Lorsqu'elle rouvrit les yeux pour signaler aux autres de sortir, elle fut surprise par la désagréable sensation d'être observée.

Elle leva la tête et aperçut tout à coup deux bêtes monstrueuses, juchées sur une corniche juste au-dessus de la sortie du canal, qui la regardaient goulûment… LES SKAVENGEURS !

L'une des deux bêtes sauta devant elle, gueule béante et tout écumante. La deuxième descendit lentement jusqu'à l'entrée du canal pour s'y introduire. Épouvantés, les autres prisonniers tentèrent de reculer, mais l'étroitesse du canal limitait sérieusement leurs mouvements. La bête se jeta sur le premier prisonnier. C'était Minos, qui poussa un long gémissement. La bête venait de lui sauter à la gorge.

Un mince filet rouge coula soudain du canal et tomba goutte à goutte sur le sol. Des hurlements effroyables s'échappèrent ensuite du canal…

Ryanna regarda, apeurée, l'autre créature qui lentement avançait vers elle, la tête sous ses épaules et la gueule bien ouverte. La jeune femme savait que sa peau fragile n'offrirait que très peu de résistance aux crocs et aux griffes de cette créature sanguinaire. Elle chercha autour d'elle un quelconque objet avec lequel elle pourrait vendre justement très chèrement sa peau. Il n'y avait rien. Que des plantes et de l'herbe.

Le skavengeur braqua son regard fauve sur celui de Ryanna. Puis, il s'affaissa sur ses quatre pattes musclées pour mieux se jeter sur elle.

Ryanna ferma les yeux…

* * *

Les deux mains appuyées sur ses genoux, Tarass reprenait lentement son souffle. Il regardait le dinosaure expirer son dernier souffle. La cage thoracique du grand lézard descendit, puis s'arrêta complètement de bouger. Cette bête qui était plus grande que sa maison de Lagomias venait de mourir.

Trixx rangea son épée et vint vers Tarass.

— Beau travail ! Cette créature nous aurait croqués tous les quatre pour son déjeuner.

Tarass posa la main sur l'épaule de son ami et se redressa.

Trixx aperçut la dernière pièce de la clé que son ami avait glissée sous sa ceinture.

Son visage exprimait une grande joie.

— Nous l'avons, Tarass, nous l'avons ! Drakmor est à nous.

Tarass lui sourit.

Kayla et Marabus arrivèrent près d'eux. Lorsque cette dernière aperçut l'objet doré, elle eut la même réaction que Trixx.

— ÇA Y EST ! Elle est enfin à nous.

Tarass sortit la pièce de sa ceinture et la lui donna. La grande mage la prit et la colla tout de suite aux deux autres. Une fois toutes les pièces rassemblées, une lumière vive émana de l'objet doré. La clé de la porte vivante de Drakmor était maintenant complète. Rien ne pouvait plus les empêcher de s'y rendre et de l'ouvrir. Enfin, c'est ce qu'ils croyaient tous les quatre.

Au-dessus de leur tête, très haut dans les airs, plusieurs ptéranodons volaient dans la même direction d'une manière pressante. Il y en avait des dizaines et des dizaines qui semblaient fuir.

— On dirait que les rats quittent le navire ! s'exclama Tarass, la tête levée vers le ciel.

Trixx se mit à rire de son ami.

— Mais tu es complètement aveugle ! Ce sont des lézards volants et il n'y a aucun bateau dans le ciel, voyons. Tu es certain que tu te sens bien, Tarass ?

Ce dernier se tourna vers lui.

— Je sais bien, sombre idiot ! le rabroua-t-il. C'est une expression qui signifie que les animaux s'enfuient parce qu'ils ont pressenti qu'un grave évènement allait se produire.

— Vous croyez qu'ils sont pourchassés par un spinosaure volant ? demanda Kayla à Marabus. Car il faut s'attendre à tout dans cette contrée de malheur !

Marabus souleva les épaules. Elle ne savait pas plus qu'eux ce qui se passait, ou ce qui allait se passer.

Le calme ambiant qui régnait à la suite de la bataille avec les velociraptors et le spinosaure fut soudain remplacé par des hurlements lointains qui résonnèrent en écho et les entourèrent. Les cris semblaient venir de partout à la fois.

Tous les quatre portèrent leur regard ahuri vers les grands arbres de la jungle.

— Peut-être qu'il y a, à Jurassium, un lézard plus grand et plus terrible que le spinosaure ? supposa Trixx, tout à coup pris d'un vif sentiment d'inquiétude.

— NON, TRIXX ! finit par répondre Marabus. C'est autre chose… C'est comme si une grande catastrophe allait se produire. Lorsque les animaux réagissent aussi anormalement, il faut prévoir le pire.

Tout autour d'eux, des pas précipités de dinosaures qui couraient dans toutes les directions se firent entendre.

Trixx recula.

— Je ne sais pas si vous avez remarqué, lança-t il aux autres, mais il y en a qui viennent dans notre direction.

Tarass, Kayla et Marabus tournèrent les talons et suivirent leur ami. Dans une cacophonie indescriptible de bruits de branches qui craquaient et de plusieurs grands arbres qui s'effondraient sur le sol, ils quittèrent la clairière en trombe.

Trois tyrannosaures arrivèrent tout à coup de nulle part. Beaucoup plus rapides, les grands lézards passèrent près d'eux sans leur prêter la moindre attention. C'était une réaction très inhabituelle pour ces monstres à l'appétit si insatiable.

Marabus avait maintenant la conviction que quelque chose de majeur allait se produire.

Crocs de plantes

Les yeux fermés, Ryanna attendit, et attendit, la mort qui allait de toute évidence la frapper. Mais rien ne se produisit, sauf un léger bruit de feuillage. Au bout de son nez, elle sentit l'odeur fétide de la gueule du skavengeur. Elle ouvrit un œil.

La créature était là, à un centimètre d'elle, suspendue dans les airs. Surprise, elle tomba à la renverse.

Sur le dos, elle regarda avec étonnement la bête monstrueuse qui était suspendue au-dessus du sol, étouffée par de curieuses lianes épineuses. Le skavengeur expira un long et profond souffle avant de mourir.

Plusieurs petites plantes arborant des mâchoires bourrées de dents au centre de leurs fleurs s'élevèrent rapidement du sol en direction du cadavre. Ryanna porta sa main à sa bouche lorsqu'elles s'enfoncèrent sous la chair du skavengeur pour le dévorer.

Du canal arriva soudain la deuxième créature. À peine avait-elle sorti la tête de l'ouverture qu'une autre liane descendit et s'enroula autour de son cou pour la soulever elle aussi. Le skavengeur parvint cependant à couper la longue plante avec ses crocs affûtés et retomba sur le sol. Des dizaines d'autres petites plantes carnivores glissèrent comme des serpents dans sa direction.

Le skavengeur tendit une patte et réussit à enfoncer l'une de ses griffes dans le soulier de la jeune femme.

Le pied cloué au sol, Ryanna tenta de reculer, mais demeura exactement à la même place, couchée sur le dos. Retenue par les petites plantes qui la mordillaient partout, la bête insistante rampait maintenant vers elle. Ryanna sortit son pied du soulier et se releva à la hâte pour s'éloigner.

Lorsque toutes les petites plantes se jetèrent sur le skavengeur, il poussa un cri d'agonie qui résonna sur les parois du jardin, et qui ensuite fit écho partout dans le château.

KAOUUAAAAAUURR !

Dans la salle du trône, Khonte Khan venait d'entendre un hurlement et leva la tête vers la voûte. Il savait tout de suite qu'une seule créature pouvait pousser une telle plainte. Il s'agissait bien sûr de la dernière lamentation de l'un de ses skavengeurs chéris.

Ce genre de cri, qu'il avait tant de fois entendu auparavant lors de ses combats, était précurseur de la mort, il le savait.

Encore une fois, la situation mit Khan hors de lui. Partout dans la salle, les ograkks qu'il avait convoqués s'écartèrent de son chemin lorsqu'il se dirigea vers la sortie.

— C'est toujours pareil, fulminait-il. Lorsque je veux que quelque chose soit bien fait, et rapidement, je dois le faire moi-même.

Il franchit le seuil de la porte en poussant violemment les rideaux de chaque côté de lui.

— MAÎTRE ! MAÎTRE ! ET LE RAVAGEUR ! IL FAUT QUE NOUS PARLIONS DE SA VENUE !

— VOUS, NE BOUGEZ PAS ! vociféra-t-il du couloir à ses ograkks. JE REVIENS TOUT DE SUITE !

Dans le jardin, Ryanna décida de profiter de ce moment où les plantes carnivores décharnaient les skavengeurs pour se catapulter en direction de la porte, afin de quitter au plus vite ce lieu maudit…

Le cycle des continents

Lorsque Tarass et ses amis atteignirent la montagne, celle-ci fut tout à coup secouée par un terrible tremblement de terre.

BRRRRRRRRRRRR !

Ils furent propulsés tous les quatre au sol par cette secousse violente et soudaine. À quatre pattes, ils tentèrent de se relever mais sans succès, et retombèrent aussi vite sur le ventre à chacune de leur tentative.

Marabus réussit à s'agripper à un arbre qui se balançait dangereusement de tous les côtés. Jamais elle n'avait vu le sol bouger avec autant d'amplitude.

Tarass, qui était parvenu lui aussi à enrouler son bras gauche autour d'un arbre, tira avec l'autre Kayla vers lui. Pour se stabiliser, ils entourèrent l'arbre en se tenant mutuellement les bras. Pas très loin d'eux, le pauvre Trixx, qui n'était pas parvenu à s'amarrer à quelque chose de solide, sautillait sur le derrière un peu partout.

BOM ! BOM ! BOM !

Juste au pied de la montagne, une fissure apparut. Elle se transforma en une large et profonde crevasse, qui se remplit rapidement d'eau. Cette rivière nouvellement formée s'élargit à n'en plus finir.

Le tremblement de terre qui continuait de plus belle causa la chute de plusieurs arbres dans l'eau. Marabus était mouillée de la tête aux pieds. L'eau, en ruisselant sur son visage, laissa sur ses lèvres un goût caractéristique de chlorure de sodium… ELLE ÉTAIT SALÉE !

— DE L'EAU DE MER ! s'écria-t-elle spontanément à travers le boucan.

Tarass se tourna vers elle. Il avait entendu le son de sa voix, mais il n'avait pas compris ce qu'elle disait.

Comme il allait lui demander de répéter, il fut interrompu par l'arrivée inopinée, entre eux deux, d'un tyrannosaure titubant entre les arbres. Paniqué, le grand animal tentait de fuir lui aussi. Parce qu'il avait la tête bien haute, il ne put apercevoir le dangereux cours d'eau qui s'était formé et qui s'étalait devant lui.

Son immense pied glissa sur le rebord et il chuta aussitôt dans l'eau agitée. Sa longue queue s'enroula autour de l'arbre auquel Marabus s'était ancrée. Le grand arbre penchait maintenant dangereusement vers la crevasse. Le dinosaure, quant à lui, tentait désespérément de se tirer des eaux tumultueuses. Mais plus il s'engouffrait dans les flots, plus les racines de l'arbre émergeaient du sol.

Son lugubre cri de détresse parvenait à peine à percer le vacarme infernal qui régnait dans les alentours et qui semblait s'étendre sur toute la contrée de Jurassium. Le sol, qui ne cessait de trembler, ne donnait pas le moindre répit à Tarass et à ses amis.

Tout à coup, ce que Marabus craignait le plus se produisit. Le tyrannosaure, à force de s'accrocher à l'arbre, réussit à le déraciner, menaçant de l'entraîner avec lui dans les profondeurs. La tête du tyrannosaure disparut soudain de la surface dans un gros bouillon. Sa queue, toujours enroulée autour de l'arbre, ne semblait pas vouloir lâcher prise. Le dinosaure allait emporter avec lui non seulement l'arbre mais aussi Marabus.

Ne voulant pas sombrer, la grande mage lâcha prise. Comme Trixx, elle se retrouva à sautiller dangereusement partout sur le sol.

Le sol, les arbres, les plantes, tout vibrait autour d'eux… TOUT ! La secousse continuait d'écarter les deux sections de terre. Tout près de lui, Tarass aperçut tout à coup Marabus, couchée sur le ventre, qui sautillait au gré de l'agitation du sol. Juste avant qu'elle tombe dans l'eau, il tendit une main et l'attrapa.

Comme elle l'aurait fait avec une corde, Marabus gravit le bras de Tarass jusqu'à ce qu'elle atteigne l'arbre autour duquel lui et Kayla étaient enroulés.

Trixx était parvenu à se lever sur ses deux jambes et avançait vers ses amis. Il avait une démarche chancelante, tout comme s'il avait bu à lui seul un baril de bière. Lorsqu'il ne fut qu'à un mètre de l'arbre où se trouvaient Tarass, Kayla et Marabus, tout redevint subitement calme…

Les jambes écartées, les deux bras de chaque côté de lui, Trixx écoutait attentivement. Il voulait s'assurer que tout était bel et bien terminé.

Quelques grains du sablier passèrent et le silence absolu régnait toujours. C'était terminé, pour le moment.

Tarass, Kayla et Marabus se relevèrent en s'aidant mutuellement. Devant eux, une très large étendue d'eau s'était formée. La montagne, qui tantôt était tout près, se trouvait maintenant à plusieurs centaines de mètres de l'autre côté. Des arbres déracinés jonchaient le sol.

Téméraire, Tarass s'approcha de la rive. Son pied fit s'écrouler dans l'eau une grosse portion de terre.

— ATTENTION, TARASS ! lui cria Marabus. Même si tout semble fini, il y a du danger à marcher trop près du bord.

Tarass se tourna vers elle.

— Quel tremblement de terre ! s'exclama-t-il, les deux bras tendus vers l'eau. Un lac s'est formé.

— Ce n'est pas un lac, le reprit Marabus.

Elle le tira vers elle pour l'éloigner de la rive.

— Ce n'est ni un lac ni un fleuve, car l'eau est salée ! lui apprit-elle. C'est de l'eau de mer ! Vous comprenez ?

Incrédules, Tarass, Kayla et Trixx la fixèrent du regard.

— Mais c'est impossible ! s'exclama Trixx. La mer est à des kilomètres d'ici, beaucoup plus au nord. Comment aurait-elle pu arriver jusqu'à nous ?

— L'eau est salée, je vous dis ! répéta Marabus. Et il n'y a qu'une explication à cela : toute la contrée de Jurassium vient de se détacher de l'atoll. Il y a maintenant deux continents sur la terre, l'atoll de Zoombira et le continent de Jurassium. Nous sommes au tournant où le cycle des continents recommence. Dans plusieurs millions d'années, il y aura à nouveau cinq continents sur la terre, comme c'était le cas avant que se forme l'atoll.

Trixx regarda Marabus d'un air un peu perdu et étonné.

— Nous venons de vivre un très grand moment dans l'histoire de notre planète !

conclut-elle. C'est un très grand, et réel honneur.

Tarass ne semblait pas du même avis. Il était plutôt préoccupé par leur situation, qui venait encore une fois de s'aggraver.

— Bon d'accord, peut-être, répondit-il à la grande mage. Ça fera des choses à raconter à notre descendance les soirs de mauvais temps. Mais si nous revenions à nos préoccupations… Comment allons-nous faire pour traverser, maintenant ?

Trixx répondit à la place de Marabus.

— Mais à la nage ! Je crois que, avec un minimum d'efforts, nous pourrions atteindre l'autre rive.

Tarass lança un regard sévère à son ami.

— Et les lézards géants, tu les as oubliés ? Nous sommes dans leur contrée, et tu n'es pas sans savoir que ces monstres règnent aussi dans l'eau.

Trixx fit quelques pas pour s'éloigner de la rive.

— C'est vrai ! J'avais oublié…

La quantité d'arbres cassés et tombés tout autour d'eux donna une idée à Marabus.

— Nous allons construire un radeau, leur annonça-t-elle. Dans une grande embarcation construite avec ces solides et gros troncs d'arbre, nous serons hors de danger.

Tarass ne prit pas le temps de répondre à Marabus. Pressé d'en finir avec Khan, il se mit tout de suite au boulot…

La salle des trophées

Ryanna referma la porte derrière elle et barra l'entrée avec une planche qu'elle trouva par terre. Le dos contre la porte, elle reprit son souffle. De l'autre côté, elle entendit tout à coup quelque chose qui grattait le bois. Elle baissa la tête et aperçut une tige verte qui se tortillait tel un serpent dans l'ouverture entre la porte et le plancher. Elle s'écarta vite pour se diriger, à reculons, vers le mur opposé.

Les deux mains derrière son dos, elle recula en surveillant la plante carnivore qui se hissait maintenant à l'intérieur en s'agrippant aux pierres. Le visage de Ryanna se crispa dans une grimace horrifiée.

Sa main droite toucha tout à coup... UN OS !

Elle se retourna et aperçut un squelette enchaîné au mur. Elle s'écarta aussitôt. Le squelette avait la bouche ouverte et était affublé de restes déchirés de vêtements. Ceux-ci, bien qu'ils fussent en lambeaux, laissaient encore paraître des traces de leur couleur. Autrefois, il y avait sûrement très longtemps, cet homme portait un pantalon rouge et une chemise blanche. Ryanna sut alors que ce prisonnier oublié avait été un pirate.

Sur ses gardes, elle se mit à longer le passage en espérant éviter de faire d'autres désagréables rencontres.

Le passage la conduisit à une pièce qui lui donna tout de suite la nausée. Accrochées au mur, des têtes d'animaux bourrées de paille servaient de décorations. C'étaient sans doute les trophées de chasse de Khonte Khan.

Ryanna reconnut plusieurs bêtes : un cerf, un tigre, un rhinocéros, un gorille et… DES TÊTES HUMAINES ! Ses yeux se remplirent de larmes. Toute cette violence envers les êtres humains et les animaux, elle ne pouvait plus la supporter.

Sur un autre mur, elle aperçut plusieurs bêtes qu'elle n'avait jamais vues auparavant, ni même en image dans des livres.

Une grosse tête de cyclope immobile la dévisageait. Elle en eut des frissons. Près d'un grand fauteuil bien rembourré, entre deux bibliothèques remplies de grands livres, elle remarqua le corps complètement empaillé d'un Krok des cavernes.

De la taille d'un homme, ces êtres charognards et nocturnes se nourrissaient des cadavres abandonnés sur les champs de bataille. Ces créatures étaient extrêmement difficiles à capturer ou à tuer. Aujourd'hui, les Kroks des cavernes étaient exterminés et complètement disparus de l'atoll. Ce que Ryanna ignorait, c'est qu'elle avait sous les yeux le dernier spécimen de la race. Il était là, immobile, couvert de poussière et rongé par les mites. Ses deux mains étaient placées devant lui, dans une position d'étranglement…

Du passage, des voix se firent soudain entendre. Quelqu'un arrivait…

N'ayant aucun endroit où fuir, Ryanna chercha un endroit pour se cacher.

Deux ograkks entrèrent dans la salle des trophées.

— La bibliothèque à droite ! grogna l'un d'eux de sa voix rauque et caverneuse.

— Je sais très bien où trouver le livre des armes et des machines de combat, grommela celui qui s'approchait du grand meuble. Il est juste à côté de celui des tours de siège.

L'ograkk glissa son gros doigt sur les épines de tous les livres et s'arrêta sur celle du livre qu'il cherchait.

— JE L'AI ! s'écria-t-il.

— Allez ! Dépêche-toi, le pressa l'autre. Tu sais très bien que le maître déteste attendre. Mille catapultes et trois cents arbalètes géantes à construire, nous avons un boulot énorme devant nous. Il faut que tout soit prêt pour la grande manœuvre.

Juste comme l'ograkk se retournait pour partir avec le grand livre dans les mains, il aperçut du coin de l'œil... RYANNA !

* * *

Sur la berge du nouveau continent Jurassium, les préparations de la traversée allaient bon train. Le grand radeau était complété et il ne restait que quatre rames à confectionner. Tarass donna l'ordre à Trixx de s'en occuper, mais ce dernier s'emporta…

— HÉ ! HO ! protesta-t-il avec véhémence. Je ne suis pas ton esclave, Tarass Krikom, tu sauras. ET PUIS JE N'AI PAS SIX MAINS, TU SAIS.

La réplique de Trixx rappela soudain à Tarass un détail qu'il avait oublié.

— MAIS C'EST VRAI ! s'exclama-t-il.

Son regard fixait le vide devant lui.

— Qu'est-ce qui est vrai ? voulut savoir Kayla.

— Tu te rappelles, Kayla, le squelette que nous avons aperçu à l'entrée du labyrinthe avant d'arriver ici, à la contrée d'Indie ! lui remémora-t-il. Il possédait six bras.

Ni Kayla ni Trixx n'avaient oublié cette macabre trouvaille.

— Euh oui ! réfléchit-elle. C'est vrai, je l'avais oublié, celui-là !

— Alors ? songea Tarass tout haut. C'était le cadavre de Shiva Khan que nous avons aperçu, oui ou non ?

Il s'adressait bien sûr à la grande mage.

Marabus fut très étonnée par ce que Tarass venait de dire.

— Vous avez vraiment vu, sur le sol, un squelette à six bras ? demanda-t-elle pour s'assurer d'avoir bien entendu.

— OUI ! lui répondit Tarass.

— Oui ! affirma aussi Kayla.

Trixx, pour sa part, se contenta de bouger la tête. Il était trop affairé à construire les rames.

— Alors, c'était bien son cadavre, non ? répéta encore Tarass.

— Non ! Ce n'est pas son cadavre que vous avez vu, lui répondit Marabus. Vous avez plutôt rencontré Shiva elle-même, en chair et en os, ou plutôt seulement en os.

Les trois amis ne comprenaient pas ce que Marabus leur expliquait.

— Nous avons rencontré Shiva Khan en personne ? lui redemanda Kayla.

— OUI ! confirma sa tante. La sœur de Khan possède le pouvoir de transparence. C'est un pouvoir qui lui a été octroyé dès sa naissance par de grands sorciers. Elle peut disparaître quand elle veut, c'est le camouflage parfait ! Pour espionner, il n'y a rien de mieux. Cependant, lorsqu'elle accomplit une transformation de translucidité, ses os tombent sur le sol à l'endroit où elle devient transparente. C'est la seule façon de savoir qu'elle est dans les parages.

— Alors, près de l'entrée du labyrinthe, elle nous espionnait, quoi ! comprit Tarass.

— EXACTEMENT ! lui répondit Marabus.

— Et si jamais je trouve encore ses os et que je m'en empare, voulut savoir Tarass, qu'adviendra-t-il d'elle ?

— Si tu fracasses ses os, ou si tu les fais brûler par exemple, jamais Shiva Khan ne pourra retrouver son opacité, lui expliqua Marabus. Et pire encore, peu à peu, elle se dissipera dans l'air et finira par mourir…

Tarass regarda Marabus dans les yeux.

— C'est son talon d'Achille, en fait ?

— Oui ! lui répondit Marabus.

Tarass regarda Trixx qui arrivait vers lui avec quatre rames de sa fabrication.

— À la place de tailler des rames dans le bois, j'ai plutôt pris des grandes perches à l'extrémité desquelles j'ai attaché une grande feuille. C'était beaucoup plus facile à fabriquer de cette façon.

Tarass en prit une…

— Elles sont solides ? demanda-t-il à son ami en les examinant. Parce que la traversée risque d'être mouvementée.

— T'en fais pas ! Elles sont aussi dures et solides que… que le sandwich que Kayla nous a servi dans le labyrinthe entre Romia et Aztéka.

Kayla se tourna vers Trixx, insultée.

Tarass examina encore la rame.

— Comme le sandwich ? répéta-t-il.

— OUI ! lui confirma à nouveau Trixx.

— C'est parfait dans ce cas.

Kayla leur tourna le dos.

— Deux crétins ! souffla-t-elle à sa tante qui était juste à côté d'elle.

Marabus cacha un sourire.

Une traversée hasardeuse

Afin de mettre à l'eau le grand et lourd radeau, Marabus dut faire appel aux services des spectres blancs. Ces serviteurs fantomatiques étaient doués d'une grande force. Mais comme ils étaient pacifiques, elle ne pouvait leur demander d'accomplir que des tâches manuelles et constructives. Ces tâches ne devaient en aucun cas impliquer agressivité ou violence. Telle fut la punition éternelle qu'affligea autrefois un maître sorcier à ces guerriers cruels pour leurs horribles crimes.

Sur la rive, Tarass, Kayla, Trixx et Marabus observaient en silence les formes sinueuses et lumineuses qui poussaient le radeau. Lorsque l'embarcation fut enfin jetée à la mer, Marabus salua profondément les spectres qui aussitôt quittèrent les lieux en s'enfonçant dans le sol pour retourner dans le territoire des ombres damnées.

Ils se réjouirent tous les quatre en voyant que leur radeau supportait bien les vagues. Pour Tarass, qui était le fils du constructeur de chariot le plus réputé de tout Lagomias, il était tout à fait normal de réussir à fabriquer une telle embarcation, même avec des moyens très réduits.

Tarass sauta le premier sur le radeau, suivi de son ami et des deux mages. Ensemble, ils plantèrent leur rame dans le sol et poussèrent de toutes leurs forces. Le radeau s'écarta rapidement de la rive. Ensuite, ils se mirent à pagayer en suivant les directives et le rythme de Tarass.

Ils observaient sans parler la grande île qui s'éloignait derrière eux.

Le fait que toute la contrée de Jurassium soit devenue maintenant inaccessible réjouissait Tarass, qui voyait dans cette situation la fin de l'afflux des lézards géants sur l'atoll de Zoombira. Oui ! Maintenant, Khonte Khan ne pourrait plus compter sur cette source intarissable de créatures féroces pour faire la guerre aux autres contrées. Ce conquérant sans scrupules devrait désormais composer avec ce qu'il possédait déjà. Il ne pourrait plus augmenter les forces de ses hordes selon les besoins et les demandes de ses généraux.

Sur la rive qu'ils venaient tout juste de quitter, trois autres spinosaures firent leur apparition. Ils hurlaient dans leur direction et fouillaient le sol à la recherche de cadavres à dévorer. Ils étaient affamés. Un sablier de plus et Tarass et ses amis auraient été obligés de les affronter.

Tarass imaginait très mal d'avoir à combattre trois spinosaures à la fois, car la confrontation avec une seule de ces créatures avait failli tourner au désastre et lui avait presque coûté la vie.

Les quatre fugitifs continuaient de pagayer frénétiquement en surveillant tout autour du radeau.

Au loin, entre les vagues écumantes, Trixx aperçut une nageoire dorsale noire qui sillonnait la surface. Elle zigzagua, puis vint directement vers eux.

— UN REQUIN ! cria-t-il très fort pour alerter ses amis.

Tous les trois se mirent à chercher partout autour du radeau.

— LÀ ! LÀ ! leur montra Trixx. À GAUCHE !

Tarass aperçut en premier le gros poisson au museau pointu. Ce dernier s'en vint vers eux et passa juste sous leur embarcation.

Kayla et Marabus détestaient vraiment ces dangereuses créatures marines. D'autant plus que, dans l'eau, elles ne pouvaient pas utiliser leur magie.

— Ne vous en faites pas ! tenta de les rassurer Tarass. Il n'est pas assez gros pour causer des dommages sérieux à notre embarcation.

À peine avait-il terminé sa phrase que le requin surgit des profondeurs de l'eau et se propulsa directement sur le radeau. L'embarcation bascula et Kayla tomba à la mer.

Les hurlements de détresse de la jeune mage se perdirent dans le fracas des vagues qui déferlaient avec violence sur les troncs d'arbre du radeau.

Sur le radeau, le requin s'agitait frénétiquement en faisant claquer sa grande mâchoire pleine de dents coupantes telles des lames.

Pendant que Tarass se lançait à l'extrémité du radeau pour sauver Kayla des flots tumultueux, Trixx troqua sa rame contre son épée. Sans rameurs, le radeau commença très vite à dériver. Il tanguait dangereusement de tous bords tous côtés.

Marabus perdit soudain l'équilibre et tomba à quelques centimètres de la dangereuse mâchoire qui claquait de façon saccadée. Pour éviter de se retrouver dans sa gueule, elle poussa sur son long museau avec sa rame.

Subitement, le radeau changea de cap et se mit à tourner sur lui-même. Au milieu du bras de mer, un grand remous venait de se former, causé par la récente séparation du continent. Le bras tendu hors de l'embarcation, Tarass parvint à attraper Kayla qui, malgré elle, suivait le mouvement régulier des vagues. Rassemblant toutes ses forces, il réussit à la tirer hors de l'eau.

À l'autre extrémité de l'embarcation, Trixx venait de planter son épée dans le corps surexcité du requin. Ce dernier avait littéralement coupé les lianes qui retenaient ensemble cette partie du radeau. Les troncs commençaient lentement et dangereusement à s'écarter l'un de l'autre.

Trixx extirpa son arme du corps du gros poisson et le frappa de nouveau.

CHLAC !

Le requin perdit une nageoire et roula hors du radeau pour finalement sombrer dans le remous.

À bord du radeau, le mal était fait. Tous les troncs desserrés de l'embarcation suivaient maintenant mollement le roulis des vagues. Pour Tarass et ses amis, il était impossible de pagayer dans ces conditions. Une seule solution s'offrait maintenant à eux : nager jusqu'à la rive. C'était leur seule chance de survie. Il fallait faire vite, car déjà, le radeau sombrait, aspiré par la force du remous.

Tarass plongea le premier, suivi de Trixx. Main dans la main, Kayla et Marabus les suivirent juste avant que le radeau disparaisse sous les flots.

Avec une frénésie guerrière, ils nagèrent et nagèrent sans relâche. Épuisés mais poussés par l'énergie du désespoir, ils parvinrent tous les quatre à atteindre enfin la rive de l'atoll…

* * *

— AH, TIENS ! fit l'ograkk en apercevant Ryanna. Ils ont finalement décidé de se débarrasser de cette peste blonde en l'empaillant ! Tu sais, celle qui faisait la loi parmi les prisonniers du donjon.

L'autre ograkk grommela. Il s'en souvenait très bien.

Le premier ograkk s'éloigna pour examiner la scène. Ryanna était là, le regard vide et complètement immobile, le cou entre les mains vigoureuses du Krok empaillé qui l'étranglait. Elle retenait sa respiration.

— NON MAIS, QUELLE SCÈNE ! lança-t-il, impressionné. Du travail d'artiste, vraiment !

Le deuxième ograkk s'approcha pour la regarder de plus près.

— OUI ! DU BEAU BOULOT ! s'exclama ce dernier. J'ai l'impression qu'elle est encore en vie !

Les deux ograkks quittèrent ensuite la salle des trophées, car une tâche colossale les attendait.

Maintenant seule, Ryanna inspira un bon coup et se laissa choir sur le plancher.

— OUF ! souffla-t-elle avant de se relever. Il s'en est fallu de peu.

Elle sortit lentement la tête dans le couloir. La voie était maintenant libre…

25

Qui évoque la mort

Le repos sur la berge de l'atoll fut de très courte durée. La clé en leur possession, Tarass et ses amis brûlaient d'envie de passer à l'action. Après toutes ces années, Drakmor était à leur portée.

Tarass caressait avec le bout de ses doigts les sifflets de Rhakasa. Il savait que ses alliés viendraient, comme ils l'avaient tous promis. Grâce aux sifflets de Rhakasa, ils se joindraient tous à eux… TOUS LEURS AMIS ! Fiquos et Fikos, le géant à deux têtes. Auvilus le mage et les membres de sa caste. Frisé l'archer émérite de Nifarii la reine d'Égyptios. Yomikio le shogun du Japondo, ses samouraïs et Buntaro le lutteur sumo. Santos et les Luchadors d'Aztéka. Auguste, l'empereur de Romia, suivi de ses soldats et des gladiateurs. De la contrée oubliée, Zoé, 4-Trine et tous les autres… Un combat ultime qui se transformerait vite… EN UNE GUERRE FORMIDABLE !

Tarass se leva sans parler. Dans sa tête, deux questions revenaient sans cesse. La première l'habitait depuis le premier jour de cette guerre : est-ce que Ryanna était toujours vivante ? La seconde vint à peine un peu plus tard, lorsque son premier allié lui fit la promesse de se joindre à lui pour le combat ultime. Cette promesse qu'il avait si souvent entendue par la suite : « Lorsque le temps de la dernière bataille sera arrivé, siffle dans le sifflet de Rhakasa et nous viendrons. » La seconde question était la suivante : combien de temps faudrait-il à ses alliés, ses amis, pour traverser tout l'atoll et venir combattre à ses côtés ?

Après quelques sabliers de marche, ils arrivèrent devant une route blanche. Sa surface semblait constituée de petites pierres blanches qui renvoyaient la lumière du soleil.

Curieuse, Marabus se pencha pour voir quelle était cette pierre qui émettait de la lumière. Lorsqu'elle prit un petit caillou blanc entre ses doigts, elle constata avec horreur qu'il s'agissait de morceaux d'os broyés, des os de conquis. Cette route voulait évoquer, à quiconque désirait l'emprunter… LA MORT !

Comme si ce n'était pas assez, cette route macabre était aussi bordée de crânes humains. Ils se comptaient par centaines de milliers. Tarass savait que ce trajet morbide conduisait directement à Drakmor et que s'il l'empruntait, il tracerait sa destinée.

La route se divisait en deux devant eux. Il se dirigea sans hésiter vers la gauche. Ses trois amis se posèrent la même question : comment pouvait-il savoir dans quelle direction aller ?

En fait, sans qu'il sache lui-même pourquoi ni comment, Tarass connaissait la direction de Drakmor. C'était inexplicable, mais c'était ainsi.

La route était creuse et s'enfonçait dans le sol. Tarass ne pouvait s'empêcher de penser que chaque ograkk des troupes de Khonte Khan avait emprunté cette même route pour se diriger vers les contrées à conquérir. Dans sa tête, il pouvait les imaginer en train de marcher, armés jusqu'aux dents, poussés par leur sens du devoir, ou plutôt par la folie démentielle de Khan.

Ces créatures avaient oublié qu'autrefois, elles étaient des hommes comme lui, des hommes libres et fiers. Maintenant, elles n'étaient plus qu'un ramassis de loques cruelles privées de leur humanité.

Lorsque le soleil se coucha, la route comme par magie s'illumina dans l'obscurité tel un long serpent blanc, ce qui leur permit de poursuivre leur chemin une partie de la nuit.

Enfin, ils décidèrent de se reposer autour d'un feu, une dernière fois avant d'entrer dans Drakmor. Une dernière fois, à la belle étoile…

Personne ne parlait. Trixx faisait griller au bout d'une branche une petite saucisse. Kayla observait les étoiles, comme elle le faisait toujours, en rêvant de Moritia.

Marabus avait vidé son pactouille pour y faire un bon ménage. Elle savait que l'ordre était très important pour un mage, mais maintenant, il était non seulement encore plus important mais vital.

Tarass, qui avait préparé une tisane de feuilles d'oranger, arriva près d'elle avec deux tasses chaudes.

Elle le salua avec la tête lorsqu'il s'accroupit sur ses genoux juste à côté d'elle. Il lui tendit une tasse qu'elle prit avec joie.

— Aux feuilles d'oranger ! lui dit-il. Du jardin de mes parents. Elles sont très vieilles, mais elles goûtent encore.

— AAH ! Un petit bout de Moritia ! s'exclama-t-elle.

Ils cognèrent leur tasse et prirent une gorgée en même temps.

— C'est bon ! lui dit Marabus. C'est très bon, même. Merci !

Tarass tourna son visage vers le feu.

— Non, c'est à moi de dire merci !

Marabus se tourna vers lui.

— Pourquoi est-ce à toi ? s'étonna-t-elle.

Tarass se tourna vers la grande mage et la regarda directement dans les yeux.

— Vraiment, merci ! Merci d'être là !

Ils frappèrent une autre fois leurs tasses et burent ensemble.

— Alors, qu'est-ce que vous en pensez ? s'enquit-il.

— Comme vous dites, vous les jeunes, c'est la cata ! LA CATASTROPHE ! Demain, nous franchirons la porte vivante et pénètrerons dans l'endroit le plus maudit de tout l'atoll. En plus de milliers d'ograkks entraînés à tuer, il y aura certainement une horde de lézards géants voraces et affamés. C'est aussi à cet endroit que Khan sera le plus fort, sa sorcellerie noire puisant ses forces à même le sol sombre de la contrée. Lorsque nous poserons le pied à Drakmor, nous serons la mire de toutes les créatures de cette contrée des ténèbres.

— MMMMH ! fit Tarass en buvant le reste de sa tisane. Ce sera la fête, quoi...

Marabus rit...

Le regard de Tarass se figea soudain. Il pensait à la prophétie du mage Amrak, celui qui, à Lagomias, possédait le pouvoir de discernement des chemins de l'avenir, et qui ne se trompait... JAMAIS ! Ce mage qui avait prédit la mort de Kayla à Drakmor...

— Et Kayla, chuchota-t-il à Marabus.

Tarass se tourna vers elle. Étendue sur le dos, Kayla dormait profondément.

— Sa destinée est toute tracée, Tarass. Ni toi ni personne ne peut rien y changer. Tu peux posséder le pouvoir de changer certaines choses, mais tu ne peux modifier la destinée de quelqu'un, personne ne le peut.

Le jeune guerrier écoutait, mais ne répondait pas.

Dans le ciel, l'aube commençait à poindre et les étoiles disparaissaient l'une après l'autre pour faire place au beau ciel bleu. Sur sa couche, Tarass, qui n'avait pas fermé l'œil de la nuit, aperçut soudain au loin, sur une petite colline devant le soleil rond qui se levait à l'horizon, une silhouette qu'il reconnut tout de suite... CELLE DE KHONTE KHAN !

* * *

Dans la salle du trône du château, le soleil matinal jetait ses premiers rayons sur le plancher. Soudain, un bruit de pas lourds et triomphants, mêlé à un son de chaîne que l'on traîne, se fit entendre.

Tous les ograkks qui ne s'étaient pas assoupis se tournèrent vers l'entrée. Les autres se réveillèrent en sursaut… KHAN REVENAIT !

Le maître était finalement de retour après plusieurs longs sabliers. Il poussa les rideaux et pénétra d'un pas décidé et victorieux dans la salle. Ses mains étaient maculées de sang et il traînait derrière lui une longue chaîne qui se perdait à l'extérieur de la salle. Personne ne pouvait voir ce qui était attaché à l'autre extrémité.

— LA RÉUNION EST TERMINÉE, MESSIEURS !

Tous les ograkks se regardèrent. Ils n'avaient pas la moindre idée de ce que préparait leur maître.

— AUJOURD'HUI EST UN JOUR DE RÉJOUISSANCES !

Tous les ograkks se réjouirent.

— VOUS ÊTES PARVENU À CAPTURER LE RAVAGEUR ? supposa Krodor son favori. TARASS KRIKOM DE LAGOMIAS EST NOTRE PRISONNIER ?

Khan se tourna vers lui.

— Mais non, tristes imbéciles, c'est un jour de mariage. La peste blonde a finalement accepté.

Il donna un gros coup sec sur la chaîne et Ryanna glissa sur le sol jusqu'à lui. Elle était dans un état lamentable. Le contour de son œil était noir et du sang s'écoulait de sa bouche.

Khan se pencha vers elle et saisit sa mâchoire avec sa grosse main.

— Elle a accepté ! Elle veut devenir ma femme, n'est-ce pas, Ryanna ?

Khan fit bouger la tête de la jeune fille de bas en haut, puis il se releva.

— Bon ! Vous voyez !

La tête de Ryanna tomba sur son torse. Elle venait de s'évanouir.

Khan tapa plusieurs fois dans ses mains et trois vampelles accoururent aussitôt.

— EMMENEZ-LA ET PRÉPAREZ LA CÉRÉMONIE ! C'EST JOUR DE FÊTE, AUJOURD'HUI ! ORGANISEZ LE PLUS GRAND BANQUET, JE VEUX DU VIN, DES VIANDES, TOUT ! NOUS ALLONS TOUS RIPAILLER JUSQU'À EN MOURIR !

Euphoriques, tous les ograkks applaudirent spontanément.

26

Six poings contre huit

Tarass tenait son bouclier dans ses mains et avançait lentement, mais d'un pas décidé, vers la silhouette de Khan qui n'avait pas encore bougé d'un poil. Il comprit alors qu'il ne s'agissait que d'une autre statue, d'une autre foutue statue, comme aurait dit son ami Trixx.

Arrivé à sa hauteur, il la décapita tout de suite avec son arme. De cette façon, il s'assurait qu'elle ne prendrait pas vie pour les attaquer. C'était la règle, maintenant. La tête de Khan dévala la pente de la colline en direction de leur campement. Elle roula et roula, pour finalement s'arrêter près de Trixx qui ouvrit les yeux et se réveilla.

— AÏE ! s'écria-t-il en apercevant la grosse tête laide à une dizaine de centimètres de son nez. Mais d'où viens-tu, toi, foutue tête de foutue statue ?

Il lui donna un grand coup pour l'ôter de sa vue. Il remarqua ensuite la silhouette de Tarass qui, au loin, le salua de la main. Le soleil l'éblouissait. Près de son ami, il aperçut aussi la silhouette décapitée d'une statue.

— JE PRÉFÈRE LES ŒUFS LE MATIN ! cria-t-il à son ami. À LA COQUE, S'IL TE PLAÎT !

Marabus et Kayla, réveillées par les cris de Trixx, se levèrent doucement.

Sur le sommet de la colline, Tarass admirait le lever du soleil. Lorsqu'il voulut redescendre vers ses amis, il remarqua tout à coup, juste à côté de la statue décapitée, les restes squelettiques d'une femme à six bras… SHIVA KHAN !

Il leva la tête vers le campement et aperçut soudain son ami Trixx. Ses deux pieds ne touchaient pas le sol et il gesticulait frénétiquement. Tarass devina tout de suite que l'ignoble Shiva était en train de se battre avec son ami.

Il s'élança et envoya de toutes ses forces son bouclier. Son arme traça un arc dans le ciel et alla se planter juste à côté de Trixx, qui retomba aussitôt sur le sol, à demi conscient. Kayla et Marabus se jetèrent sur lui et dressèrent aussitôt un mur de protection avec un mandala de barrage.

Tarass reculait en jetant des regards nerveux autour de lui. Parce qu'elle était invisible, il ne parvenait pas à voir Shiva. Soudain, un sentier d'herbes piétinées se forma devant lui. C'était elle qui venait à sa rencontre.

N'ayant plus son bouclier en sa possession, il se devait de réagir vite. Il regarda autour de lui et aperçut les ossements par terre. Il se précipita sur eux et ramassa très vite un long fémur.

— ARRÊTEZ ! lui ordonna-t-il.

Tarass tenait le gros os dans ses deux mains, prêt à le briser en deux sur son genou levé devant lui.

Les longs brins d'herbe cessèrent de bouger. Il campa son regard à l'extrémité de la longue trace d'herbes aplaties. RIEN ! Il ne pouvait absolument rien déceler.

— Rendez-moi la clé ! lui intima une voix impérieuse. TOUT DE SUITE ! SINON !

Ce n'était pas une hallucination ! NON ! Il s'agissait bien de Shiva, la sœur de Khan, qui lui parlait.

Tarass baissa ses deux bras rapidement et les arrêta juste comme le fémur touchait son genou.

— SINON QUOI ? la défia-t-il. SINON QUOOOIII ?

Shiva ne répliqua pas.

Tarass souleva de nouveau le fémur au-dessus de sa tête d'une façon menaçante.

— NOUS AVONS GAGNÉ CETTE CLÉ EN JOUANT LOYALEMENT À TES JEUX STUPIDES ! lui rappela Tarass. SOIS BONNE JOUEUSE, MAINTENANT !

— Mais je ne peux trahir mon propre frère, répondit-elle enfin. Je ne peux pas.

— N'est-ce pas à cause de ton frère que tu es éternellement damnée ?

Il faisait bien entendu allusion à son apparence monstrueuse.

— OUI, MAIS...

Plusieurs grains du sablier passèrent.

Une grande touffe d'herbe fut soudain aplatie. Tarass comprit que Shiva venait de s'asseoir sur le sol. Il baissa ses deux bras. Au loin, il aperçut Kayla, Trixx et Marabus qui arrivaient pour l'aider à combattre Shiva. Trixx portait bien haut son épée dans une main et dans l'autre, il tenait le bouclier de Magalu. Les deux mages, elles, avaient des mandalas dans leurs mains.

Tarass leva son bras et montra à ses amis la paume de sa main pour leur signifier que tout était terminé. Trixx baissa son arme et gravit la colline jusqu'à lui.

— TU AS RÉUSSI À TUER CETTE FOLLE ? CETTE MONSTRUOSITÉ VOULAIT QUE JE LUI REMETTE LA CLÉ ! s'écria-t-il en s'approchant de son ami. Mais où est-elle ? Comment tu as fait sans ton bouclier ?

Trixx lui remit son arme.

— Et qu'est-ce que tu bricoles avec cet os dans la main ? voulut comprendre Kayla qui arrivait au sommet.

Marabus qui suivait chercha partout autour d'elle.

— Où est-elle ?

Tarass pointa avec le fémur le large espace d'herbes aplaties.

— Je crois qu'elle est assise là !

Il déposa le gros os près des autres.

— Oui ! Je suis là, souffla soudain une petite voix.

Kayla, Trixx et Marabus se retournèrent vers la voix.

Tarass s'approcha de Shiva. La main devant lui, il la chercha en tâtant de façon hésitante l'espace au-dessus de la touffe d'herbes aplaties. Ses doigts rencontrèrent enfin son épaule.

— J'ai remis le fémur avec tes autres os, lui dit Tarass doucement. Si tu veux, tu peux retrouver ton opacité, ce sera beaucoup mieux pour nous de te voir…

— NOOON ! refusa-t-elle catégoriquement. Je suis trop laide !

Tarass ne savait pas trop quoi lui dire pour la convaincre. Trixx s'approcha et s'agenouilla devant elle.

— Si tu veux ravoir la clé, lui dit-il, après que nous aurons ouvert la porte vivante, tu pourras… la ravoir, aucun problème. N'est-ce pas, Tarass ?

— EUH ! Oui ! Bien sûr ! Elle nous sera complètement inutile lorsque nous serons entrés à Drakmor.

— Alors, lui redemanda Trixx, retrouve ton opacité, pour nous.

Devant Trixx, l'herbe se mit à bouger. Shiva se levait. De traces de pas apparurent et s'arrêtèrent derrière la statue décapitée de Khan. Soudain, un grondement puissant, semblable à un coup de tonnerre, se fit entendre.

Une main timide et toute bleue se matérialisa ensuite, émergeant de derrière la statue, puis une autre, puis encore une autre, et finalement trois autres. Ensuite sortit un étonnant visage à un seul gros œil, qui regardait les quatre compagnons d'une façon amicale.

Shiva s'éloigna de la statue de son frère et se montra entièrement.

Elle avait le corps tout bleu. Trixx lui sourit, car lui aussi, quelquefois, lorsqu'il pouvait effectuer une nouvelle transformation, sa peau prenait une teinte un peu bleutée, d'où son surnom de Bleu.

Shiva souriait timidement à Tarass et à ses amis. Elle bougeait en n'utilisant que deux bras. Elle dissimulait les quatre autres derrière son dos, car elle en avait très honte. Son corps de gros lézard muni de quatre pattes musclées lui permettait de bondir et de courir très vite.

Tarass s'approcha d'elle.

— Je suis Tarass Krikom, et voici Kayla Xiim et Marabus, elles sont des mages.

Shiva fut très impressionnée.

— VOUS, VOUS ÊTES VRAIMENT MAGES ! leur demanda-t-elle tout étonnée. J'ai toujours voulu pratiquer la magie. Mais mon frère m'en a toujours empêchée.

— Si tu veux, lui proposa Kayla, je te montrerai quelques petits trucs faciles…

Shiva s'en réjouissait déjà.

— Et lui ? demanda-t-elle.

Tarass continua les présentations.

— C'est Trixx. Nous, nous l'appelons Bleu, parce qu'il a quelquefois la peau toute bleue, comme toi. C'est un morphom.

Trixx s'approcha d'elle.

— Oui ! C'est vrai ! s'excita-t-il. Aujourd'hui, ça ne paraît presque pas, mais lorsque je retrouve tout le pouvoir de me transformer, ma peau est très semblable à la tienne.

Shiva lui sourit.

— Il était complètement inutile de vous présenter. Tout le monde vous connaît, leur apprit-elle en hochant la tête. De Lagomias à Drakmor. À Lagomias, vous êtes des héros, à Drakmor, vous êtes des ennemis.

— Pourquoi toutes ces épreuves pour nous donner la clé ? lui demanda Tarass.

Tu savais donc que nous allions venir. Pourquoi ne nous l'as-tu pas donnée au lieu de nous faire subir des épreuves ?

— Je savais qui vous étiez, mais je ne savais pas si vous étiez dignes de mon aide. Je l'ai su lorsque vous avez réussi, avec brio, les trois épreuves.

— Mais dis-moi, s'enquit Kayla, pourquoi es-tu revenue nous reprendre la clé, alors ?

Shiva baissa la tête.

— Si tu crois que c'est facile d'être une traîtresse, je te dirais tout de suite non !

— Mais sais-tu ce que projette de faire ton frère ? lui demanda Marabus. Pour apaiser sa soif de pouvoir, il va TUER DES CENTAINES DE MILLIERS DE PERSONNES ! Tu y as songé ?

Ça n'en prenait pas plus à Shiva pour réaliser les sombres projets de son frère. Elle leva la tête vers Marabus.

— D'accord ! Je vais vous aider.

— Ce n'est pas nécessaire ! lui dit Tarass. Je ne veux pas que tu mettes ta vie en danger pour nous. Tout ce dont nous avons besoin, c'est que tu nous laisses la clé.

— C'est ce que tu crois, Tarass, répliqua Shiva. Il n'y a pas que la porte vivante à franchir avant d'entrer dans la contrée de Drakmor, il y a aussi… LE BAIN DE LUCIFER !

— Le bain de Lucifer ? répéta Kayla qui n'aimait pas du tout cette appellation.

— Ce sont des marais infranchissables, leur expliqua Shiva. On les trouve juste avant la porte vivante. Cette grande étendue d'eau glauque n'est pas envahie que par la végétation, elle est truffée de sinistres pièges. Je le sais, puisque c'est moi qui les ai confectionnés. Il y a des roues dentées pour vous écrabouiller et de gros crânes en pierre qui projettent des jets de flammes mortelles, entre autres.

Tarass se mordit la lèvre inférieure en réfléchissant.

— Est-ce qu'il est possible de traverser ton fameux bain de Lucifer, Shiva ?

— Oui ! Si vous êtes capables de danser ! lui répondit-elle, très sérieuse.

Tous les quatre arborèrent une mine étonnée.

— DANSER ! répéta Tarass.

— Oh oui ! Parce que sauter et gambader par-dessus et autour des pièges, c'est tout comme danser, leur dit-elle, toujours sérieusement.

Tarass se tourna vers ses amis.

— Nous apprendrons… N'est-ce pas ?

Trixx était très sceptique.

— ALLONS-Y ! ordonna Tarass.

Le bain de Lucifer

Après une très longue marche, ils se retrouvèrent dans un vaste désert. Le soleil brûlait leur peau et leurs pieds s'enfonçaient dans le sable chaud.

Trixx, épuisé, était monté sur le dos de Shiva, qui ne semblait pas du tout affectée par le soleil. Elle sautillait d'une dune sablonneuse à l'autre. Elle devait s'arrêter chaque fois sur la cime pour les attendre.

Au bout de plusieurs sabliers…

— LE VOILÀ ! hurla enfin Shiva. NOUS SOMMES ARRIVÉS !

Trixx, alourdi par la chaleur accablante, leva la tête. Tarass, Kayla et Marabus atteignirent enfin le sommet de la dernière dune.

Lorsque Tarass aperçut le marais, il oublia la chaleur. Devant eux s'étendaient tout d'abord les fameux marais infranchissables.

— Un kilomètre d'eau acide violacée et empoisonnée, commença à leur expliquer Shiva. Une seule goutte de ce liquide croupissant sur les lèvres peut vous tuer dans d'horribles souffrances. Si vous avez le malheur de tomber dedans, vous vous dissoudrez comme de la glace dans de l'eau chaude. Partout, de gros crânes à demi ensevelis crachent des colonnes de feu. Ces flammes mortelles, si elles touchent ne serait-ce qu'un de vos poils ou de vos cheveux, vous enferment dans un brasier infernal dans lequel vous brûlez jusqu'à ce que vous soyez complètement consumé. Il y a aussi des roues dangereuses aux dents acérées. Elles passent en roulant de gauche à droite et peuvent vous scier en deux sans que vous ressentiez le moindre mal. Ce n'est que lorsque les deux parties de votre corps se séparent que vous vous rendez compte que vous êtes mort…

Tarass, Kayla, Trixx et Marabus l'écoutaient avec une très grande attention.

— Derrière les marais, continua-t-elle, pour ceux qui parviendraient jusqu'à elle, s'élève la porte vivante. Cette porte est une sorte d'énorme créature visqueuse et gommeuse enchaînée à une grande structure en bois. Cette masse verdâtre vivante, couverte de bouches multiples et de cornes mortelles, peut dévorer une armée sans jamais être rassasiée. Ses cornes peuvent transpercer les métaux les plus durs, aucun bouclier ne peut donc leur résister, pas plus que les lames des épées. Derrière elle… DRAKMOR ! ENFIN ! La contrée maudite. La contrée noire de l'atoll, sur laquelle règne un endroit dont personne ne revient en vie, le château de mon frère, le maître suprême, comme il se nomme lui-même.

Shiva fit rouler son gros œil dans son orbite.

— KHONTE KHAN ! termina-t-elle.

Après ses explications, Shiva descendit la pente jusqu'au premier crâne. Tarass et ses amis la suivirent. Sorti de la torpeur de la chaleur du désert, Tarass examina les marais. Il y avait du feu partout et les roues bruyantes se croisaient et allaient ensuite de gauche à droite.

Le jeune guerrier observa le marais dans l'espoir d'assimiler la séquence répétée des feux qui jaillissaient des crânes et des roues qui passaient devant jusqu'à la porte vivante. Après seulement quelques grains du sablier, il se retrouva complètement étourdi.

— NON, TARASS ! lui cria Shiva. Tu ne dois jamais regarder plus d'un obstacle à la fois, sinon tu vas te retrouver complètement hypnotisé. J'ai construit le bain de Lucifer ainsi…

Tarass inspira profondément plusieurs fois afin de se débarrasser d'une forte envie de vomir.

Shiva se plaça devant le premier crâne.

— SOYEZ PRÊTS ! leur cria-t-elle. C'EST COMMENCÉ !

Des grosses orbites du crâne juste devant elle jaillirent soudain deux jets de flammes. Lorsque ces derniers se résorbèrent, avec Trixx sur son dos, elle sauta et atterrit les quatre pattes sur le gros crâne.

— C'EST PARTI ! SUIVEZ-MOI ! leur hurla-t-elle. NE VOUS ARRÊTEZ PAS !

Elle laissa passer ensuite une grande roue devant elle avant de sautiller sur trois grosses roches, jusqu'au crâne suivant. Derrière elle, avec une agilité surprenante, Tarass, Kayla et Marabus l'imitèrent et se rendirent au même point.

Voyant qu'ils l'avaient tous les trois rejointe, Shiva sauta par-dessus une plante carnivore pour atterrir sur un autre crâne. De la même façon, Tarass et les autres suivirent.

Tous les cinq attendaient maintenant le moment propice pour continuer, car une grande roue mortelle arrivait devant eux.

Kayla remarqua tout à coup qu'ils étaient tous juchés sur un crâne. Elle surveillait nerveusement les deux orbites de la grosse boîte osseuse, espérant que le feu tarde à jaillir.

La grande roue passa et Shiva se catapulta sur le crâne suivant. Tout à coup, son œil unique s'ouvrit très grand.

— AH NON ! s'écria-t-elle, sidérée. ILS ONT CHANGÉ LA SÉQUENCE !

— QUOI ! hurla Trixx derrière elle.

— OUI ! PENCHEZ-VOUS !

Une seconde roue, placée celle-là à l'horizontale, venait dangereusement vers eux. Shiva sauta sur le crâne suivant, tandis que Tarass, Kayla et Marabus se laissèrent complètement choir sur celui où ils se tenaient. La roue passa juste au-dessus de la tête de Tarass qui sentit comme un souffle l'effleurer.

— VENEZ ! leur cria ensuite Shiva. Tous les trois sautèrent l'un après l'autre pour la rejoindre. Devant eux maintenant, deux autres crânes crachaient leurs flammes par intermittence, sans répit. Shiva comprit que ce secteur du marais ne leur donnait pas vraiment une grande marge de manœuvre.

Elle fit glisser Trixx de son dos et se tourna vers le groupe pour exposer son plan.

— Ici, il faudra jouer serré, expliqua-t-elle. Il n'y a vraiment pas place à l'erreur.

Elle se tourna et pointa le crâne de gauche qui était placé en angle et qui projetait sa flamme en diagonale.

— Lorsque les flammes de celui-là s'éteindront, vous sauterez sur l'autre crâne à droite, parce qu'il y aura aussitôt un autre petit jet de feu. Lorsque vous atteindrez le dernier crâne, je serai là pour vous attraper et vous catapulter sur la terre ferme, hors des marais.

Shiva attendit le moment propice, puis sauta sur un crâne et sautilla sur trois autres pour se positionner.

Kayla y alla la première.

Elle répéta les mouvements de Shiva et rendue à côté d'elle, elle fut catapultée sur la terre ferme, comme promis.

Vint le tour de Marabus.

Concentrée, elle fixa le crâne devant elle. Lorsque celui-ci expira son dernier petit jet de flamme, elle sauta agilement jusqu'à Shiva qui la projeta sur la rive, dans les bras de Kayla.

— DEUX ! s'écria Shiva, contente de sa stratégie. RESTE DEUX !

Tarass sauta à son tour jusqu'à elle, pour ensuite se faire lancer sur la berge.

Il ne restait que Trixx maintenant.

Comme l'avaient fait ses trois amis avant lui, il sauta sur un crâne, puis sur un autre, mais lorsqu'il posa les pieds sur le troisième, il se mit à glisser. L'extrémité de ses deux pieds sur le bord du crâne, il gesticulait frénétiquement, comme un oiseau qui bat des ailes, pour retrouver son équilibre. C'était peine perdue ! Son corps pencha de plus en plus vers l'eau glauque et acide du marais.

Voyant que Trixx allait tomber, Shiva ferma son œil, prit une grande inspiration et le rouvrit. Elle se jeta ensuite sans hésitation dans l'eau du marais afin d'attraper Trixx qui tombait.

Sur la rive, Tarass, Kayla et Marabus arboraient tous les trois un visage d'enterrement.

Shiva avança vers eux avec Trixx dans ses bras. Elle grimaçait de souffrance. Lorsqu'elle arriva près du bord, la douleur insoutenable la força à laisser tomber Trixx lourdement sur le sol. Elle agonisait…

Tarass et Kayla prirent chacun l'une de ses mains et la tirèrent hors de l'eau. Là, elle s'effondra sur le sol. Ses quatre pattes ensanglantées étaient horriblement mutilées ainsi que la moitié de son corps.

Marabus s'agenouilla près d'elle pour l'examiner. Les blessures étaient malheureusement mortelles. Tarass, Kayla et Trixx pouvaient tous le voir dans le visage de la grande mage.

Trixx tomba près de Shiva. Il ne pouvait retenir ses larmes.

Lorsque cette dernière ouvrit son œil, elle aperçut Trixx qui avait la tête basse entre ses épaules.

— C'est parfait ainsi, Trixx, mon supplice est terminé.

Trixx leva la tête vers elle.

L'œil de Shiva se referma…

Sous leur regard médusé, le corps de la blessée commença à se transformer. Quatre de ses six bras disparurent lentement, ainsi que ses quatre pattes. Deux jolis yeux tristes remplacèrent son gros œil unique et sa peau retrouva sa teinte rose pêche. Elle était redevenue la belle Shiva…

Dans l'une de ses mains, elle tenait un petit objet cylindrique que Tarass reconnut… UN SIFFLET DE RHAKASA !

Surpris, il se pencha très lentement vers elle et prit le petit instrument.

— Je m'excuse, Tarass, lui soufflat-elle faiblement, mais je ne pourrai pas honorer ma promesse. Je suis désolée. Mais tu peux le conserver en souvenir de moi.

Shiva se sentait lentement quitter le royaume des vivants.

— Non ! lui répondit Tarass.

Tarass redéposa le sifflet dans la main de Shiva et posa sa main sur sa joue.

— Lorsque, dans quelques années, lui chuchota-t-il tendrement, tu nous verras arriver au pays des âmes, siffle dans ce sifflet et nous viendrons…

Shiva sourit et poussa un long et dernier souffle…

La porte vivante

Trixx posa la dernière pierre sur la tombe de Shiva et se laissa choir sur le sol. Kayla et Marabus s'éloignèrent pour le laisser à ses pensées.

Le regard de Trixx fixait le vide. Tarass vint s'asseoir près de lui.

— Te rappelles-tu, Tarass, il y a très longtemps, à Moritia, pendant la dernière heure de paix alors que nous jouions à Graboulie…

Tarass froissa son regard.

— Euh oui !

— Nous étions cachés dans la forêt et nous discutions. Je t'avais demandé de m'expliquer comment on se sentait lorsqu'on était amoureux d'une fille. Tu m'avais répondu que lorsque Ryanna était dans les parages, ta lèvre inférieure disait quelque chose tandis que ta lèvre supérieure, elle, disait autre chose et que tu avais l'air complètement stupide. Et moi, j'avais déclaré qu'à cause de cela, je ne voudrais jamais être amoureux !

— Oui, je me souviens ! fit Tarass. Alors ?

— Alors, j'ai changé d'idée.

Puis il se leva sans rien ajouter.

À quelques dizaines de mètres d'eux se dressait la fameuse porte vivante. Elle était là, qui bougeait et qui salivait dans leur direction. Une grande plaque de peau molle et translucide laissait paraître quelques cadavres en décomposition qui flottaient dans un liquide répugnant. Une multitude d'yeux de toutes les tailles surveillaient les alentours. Pour compléter ce tableau des plus dégoûtants, une dizaine de bouches immondes s'ouvraient et se refermaient, laissant voir des langues affreuses qui dégoulinaient et se tortillaient.

Devant la porte s'étalaient des centaines de crânes et d'os qu'elle avait régurgités. Il s'agissait sans doute des pauvres prisonniers qui avaient tenté de s'échapper de Drakmor. C'était d'ailleurs son travail : empêcher quiconque d'y entrer et, surtout, d'en ressortir.

Marabus se plaça devant la porte et sortit la clé pour la lui montrer. La porte grogna son insatisfaction, déçue de ne pouvoir se régaler du festin que représentaient les quatre humains devant elle.

Elle ferma tous ses yeux pour se concentrer. Lentement, dans une cacophonie de bruits gutturaux, elle commença à s'ouvrir. Pour éviter de tomber dans un piège infernal, Tarass et ses amis attendirent qu'elle soit complètement ouverte avant de franchir son seuil.

Tarass plaça son bouclier devant lui et avança. Trixx, Kayla et Marabus suivirent ses pas. À peine furent-ils entrés que la porte se referma derrière eux.

Drakmor

Devant Tarass, Kayla, Trixx et Marabus s'étalait un paysage de désolation tel qu'ils n'en avaient jamais vu. Sur un sol aride de sable rouge, des ossements s'accumulaient à perte de vue.

Loin à l'horizon, au sommet de la plus haute montagne, ils pouvaient apercevoir le château noir de Khan. Il était perché comme un corbeau sur la plus haute branche d'un arbre, et semblait attendre une proie qui, justement, venait d'arriver.

Oui, le moment tant attendu était en effet arrivé… LE MOMENT DE LA DERNIÈRE BATAILLE !

Lentement, comme s'il s'agissait d'un grand rituel, Tarass enleva le collier de Ryanna auquel étaient accrochés tous les sifflets de Rhakasa. Il en prit un et le porta à sa bouche pour souffler à l'intérieur. Aucun son n'en sortit. Il en essaya un deuxième, même résultat... RIEN !

Il souffla de toutes ses forces dans chacun d'eux sans obtenir la moindre note.

Marabus les examina l'un après l'autre. Aucun n'était obstrué.

— Je ne comprends pas ! lui dit-elle. Je ne vois pas pourquoi il ne se produit aucun son lorsque tu souffles dedans.

— C'est parce que je dois faire autre chose avec ces sifflets, lui répondit Tarass qui soudain venait de comprendre. Je ne dois justement pas souffler dedans.

Marabus se tourna vers lui.

Tarass lui montra un très haut monticule au sommet duquel se trouvait une stèle en pierre. Il pouvait distinguer vaguement, sur la stèle, l'image sculptée DU BOUCLIER MAGIQUE DE MAGALU !

Tarass remit le collier autour de son cou et entreprit d'escalader le monticule.

Parvenu à son sommet, il se mit à examiner la stèle usée par le temps. Elle portait effectivement les mêmes signes que son bouclier magique. Tarass se dit que ça ne pouvait pas être une simple coïncidence.

Il remarqua, sur la stèle, plusieurs petits trous qui traversaient la pierre de part en part. Il posa un genou sur le sol et les regarda de plus près. Tarass pouvait sentir, dans ces ouvertures, le souffle du vent qui passait. Il se releva et toucha ses sifflets.

Il enleva l'un des petits instruments du collier et l'introduisit dans l'un des trous. Le sifflet s'inséra parfaitement dans la stèle. Lorsqu'il enleva sa main, une note cristalline se fit aussitôt entendre.

SHIIIIIIIIIIIIII !

Au pied du monticule, Kayla, Trixx et Marabus entendirent la note. Ils explosèrent de joie.

— BIEN JOUÉ, TARASS ! lui cria Kayla. BIEN JOUÉ !

Tarass enleva ensuite tous les autres sifflets du collier pour les introduire eux aussi dans les trous de la stèle.

Lorsqu'il eut terminé, une musique des plus agréables résonna dans le lointain.

* * *

Dans les appartements de son château, Khonte Khan, qui était affairé à se préparer pour son mariage, s'arrêta brusquement. Autour de lui, les vampelles se figèrent devant la réaction de leur maître.

Khan posa son doigt sur sa bouche pour leur signifier de ne pas parler. Ensuite, il sortit lentement sur son balcon. Le regard braqué vers l'horizon, il demeura là, sans bouger, et écouta...

Krodor entra soudain en trombe dans la chambre.

— MAÎTRE ! MAÎTRE ! hurla-t-il en le cherchant.

Il l'aperçut à l'extérieur.

— MAÎTRE ! VOTRE SŒUR...

Khan se tourna vers Krodor. Son visage était de glace.

— Il faut reporter le mariage, lui ordonna-t-il, ils sont ici...

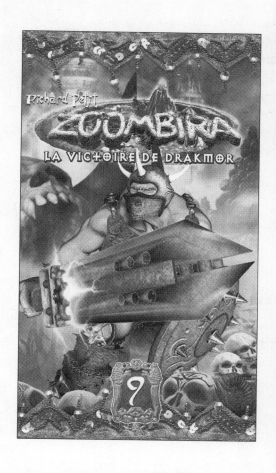

Tu pourras connaître la fin de cette
grande épopée dans le numéro 9,
LA VICTOIRE DE DRAKMOR !

Amrak : grand mage et prophète de Lagomias, qui a entrevu dans les sphères de Rutuf, la mort de Kayla.

Atoll de Zoombira : grande masse de terre formée par tous les continents regroupés.

Bain de Lucifer : marais infranchissables truffés de sinistres pièges. Ils sont situés juste avant la porte vivante qui s'ouvre sur Drakmor.

Bleu : surnom de Trixx Birtoum, ami de Tarass Krikom.

Bouclier de Magalu : arme puissante possédant des qualités magiques.

Drakmor : contrée de Khonte Khan.

El-Baid : démon du jeu, être sordide et sans scrupules qui habite un antre creusé à même une montagne recouverte d'or.

État-major : hommes supérieurs par le rang dans la hiérarchie militaire. Commandorks de Khonte Khan.

Graboulie : jeu du fanion.

Grain de sable du sablier : unité de mesure du temps. Cinq grains de sable du sablier sont l'équivalent d'une seconde.

Griffon : animal mythologique fabuleux de l'Antiquité qui possédait un corps de lion, des ailes et une tête d'aigle.

Grottes noires de Charodon : l'endroit le plus sombre et le plus ténébreux de tout l'atoll. Lieu où vivaient les vampelles.

Gorbo : espèce de gros chien de garde mutant que Khonte Khan a recueilli lors de l'un de ses pèlerinages dans les profondeurs habitées par les monstres rejetés de la surface de la terre.

Gustar : ograkk valet de Khonte Khan. Pacifique, il est le seul ograkk contre la guerre.

Jurassium : contrée des grands lézards, des dinosaures.

Kayla Xiim : amie de Tarass Krikom et de Trixx Birtoum. Apprentie de Marabus, magicienne des mandalas.

Krodor : chef de la garde. Il est le plus ancien ograkk de Khan, et fut le premier humain à être transformé en créature à quatre bras par sa sorcellerie noire.

Kroks des cavernes : êtres charognards et nocturnes qui autrefois se nourrissaient des cadavres abandonnés sur les champs de bataille.

Lagomias : grande contrée de l'atoll de Zoombira et contrée de Tarass Krikom.

Maître suprême : ambition et objectif de Khonte Khan.

Mandalas magiques : dessins géométriques et symboliques de l'univers. Pouvoirs magiques de Kayla Xiim.

Mandala de barrage : dessin magique créant un obstacle de protection ou un mur transparent.

Mandala de décélération : dessin magique qui ralentit grandement ceux qui en sont envoûtés.

Marabus : grande mage, tante de Kayla Xiim.

Méduse : monstre mythologique au corps de femme et à la chevelure de serpents. Son regard transforme tout être vivant en statue de pierre.

Moritia : ville natale de Tarass, dans la contrée de Lagomias.

Morphom : nature de Trixx Birtoum, qui possède le pouvoir de se métamorphoser.

Ograkks : soldats guerriers des armées de Khonte Khan.

Pactouille : sac à dos d'un mage.

Pierre de lune : petit caillou magique ayant la propriété d'être lumineux.

Ptéranodon : dinosaure ou lézard volant de la contrée de Jurassium.

Ravageur : nom donné à Tarass Krikom dans les anciens textes noirs de Drakmor.

Ryanna : amie de Tarass Krikom. Raison première de cette grande quête.

Sablier : instrument composé de deux vases ovoïdes. Le vase supérieur est rempli de grains de sable et se déverse lentement dans l'autre pour mesurer le temps. Un sablier est l'équivalent d'une heure.

Sifflet de Rhakasa : petit instrument qui émet un son aigu pouvant être entendu partout sur l'atoll de Zoombira.

Shiva Khan : créature mi-monstre, mi-femme, sœur de Khonte Khan.

Trixx Birtoum : ami de Tarass Krikom et de Kayla Xiim. Surnommé Bleu.

Vampelles : femmes aveugles et esclaves de Khonte Khan.

Yéti gargantua : animal humanoïde vivant dans l'Himalaya, la plus haute chaîne de montagnes du monde.

Zoombira : nom donné aux continents regroupés sur la terre.